ZACHARIE

JOHN LA GALITE

ZACHARIE

PLON

ISBN 2-266-09767-9

Pour Alexandra et Cheyenne
Pour Sad et Paco

Un flocon de neige s'est posé sur la manche de mon anorak, j'ai levé la tête. La femme est à la hauteur du sixième étage. Ma mère et moi habitons le septième. La femme aussi. C'est notre voisine. Elle vient de se jeter de la fenêtre de son balcon. Au-dessus, la porte de la terrasse est fermée ; aucun locataire n'a la clé. Sauf moi. Personne ne le sait. Le gérant l'a oubliée un jour sur la serrure.

Le ciel et l'immeuble ont la même couleur. Gris avec des traînées sombres. La pelouse est presque verte ; le jardin silencieux. Dehors, les passants sont peu nombreux. Quelques voitures circulent. Il est trois heures de l'après-midi. Les flocons descendent lentement, on dirait des parachutes.

La femme tombe vite. Sans un cri. Elle est grande et maigre, porte une robe et des bas noirs. Ses cheveux sont aspirés vers le haut. Elle vient de perdre une chaussure. Son visage est plissé par le vent. Ses bras battent le vide comme des ailes atrophiées. Parfois, dans mon lit, je colle mon oreille contre la cloison et je l'entends. Elle parle toute seule. A la fin, presque toujours, elle se met à pleurer. Son mari et sa petite fille l'ont quittée il y a des années. Ma mère dit que notre voisine est jeune et qu'elle devrait recommencer sa vie. Deux ou trois fois je l'ai aidée à porter ses paquets. A l'intérieur d'un sac en papier brun j'ai vu des bouteilles avec une étiquette dorée : des bouteilles d'alcool.

Aujourd'hui, c'est Noël. Pour notre voisine, le poids des souvenirs a gagné. Elle a choisi le vide, et c'est moi qui ai le vertige. Je vois la mort arriver sur un être humain.

Nous habitons cet immeuble depuis trois ans. Avant, nous étions de l'autre côté de la ville, dans une petite maison avec un jardin et deux arbres qui ne donnaient jamais de feuilles au printemps. Ma mère dit que le froid a séché leur cœur l'hiver où je suis né. Mon père est parti cet hiver-là. A présent, ma mère se rend à pied à son travail. Elle est garde de nuit dans un hôpital. Le plus grand de la ville. L'étage qu'elle surveille est celui des gens qui ne peuvent plus bouger, pas même respirer. Ma mère m'y a emmené une fois. Elle appelle cet endroit la Vallée de l'Ombre de la Mort. C'est dans la Bible. Nous lisons la Bible chaque dimanche.

Ma mère rentre de l'hôpital à sept heures du matin. J'épie son retour de la fenêtre. Elle vient dans ma chambre. Elle réchauffe son nez dans mon cou et je fais semblant de me réveiller.

Je m'habille et prépare le petit déjeuner. Ma mère prend un bain très chaud ; le bain a une odeur qui rappelle les fleurs séchées qu'on met dans les tiroirs. Ma mère me rejoint dans la cuisine. J'ai commencé à manger. Elle feuillette le journal et boit une tisane. A la rubrique « Accidents » elle cherche l'histoire de ceux dont elle aura peut-être un jour à s'occuper. C'est important de connaître les détails, dit-elle ; pour ne pas devenir indifférent à la douleur des autres. Depuis peu, elle est préoccupée. Elle me montre les titres du journal. Je lis : *Une deuxième victime retrouvée assassinée.* Tant que les nuits durent plus que les jours, ma mère se fait raccompagner en voiture par une amie.

Quand je quitte la maison pour l'école, elle va se coucher. Quand je reviens, elle dort encore. Je la réveille. Elle sourit, finit par ouvrir les yeux et me tend les bras. Nous dînons à six heures. Je fais les courses en sortant de l'école. Ma mère cuisine. Elle n'est pas très bonne cuisinière. Je reprends deux fois de ce qu'elle a préparé même si le goût me surprend. Pour la rassurer.

Je m'appelle Zacharie. J'ai douze ans. J'en parais dix, mais ma mère dit que quand je fais mon raisonneur avec elle c'est comme si j'en avais quatorze.

Le dimanche, nous allons au cinéma. Ma mère dit à la caissière : « Deux places, un adulte et un enfant. » Les films que nous voyons sont interdits aux moins de treize ans mais personne ne nous demande jamais rien. Souvent, au lieu de sortir, nous entrons tranquillement dans une autre salle pour voir un second film. Ensuite, nous allons au restaurant. Je n'ai pas droit au dessert ni à un tas d'autres choses. J'ai une maladie ; quelque chose manque dans mon sang. C'est le cadeau laissé par mon père, supposent les médecins. Rien ne manque dans le sang de ma mère.

La femme a les yeux fixés sur le sol. Je ne sais pas si elle me voit. Je suis tout près de l'endroit où elle va s'écraser. Il fait de plus en plus froid. Les flocons restent accrochés à l'herbe. C'est le silence. Je suis incapable de bouger. J'ai de la peine à respirer.

Ma mère m'a montré comment faire mes piqûres. Deux fois par jour, je pince un morceau de peau sur ma cuisse ou sur mon bras, je le frotte avec un coton imbibé d'alcool et j'enfonce l'aiguille d'un coup sec. Dans mon sac à dos j'ai une petite boîte en métal brillant avec une seringue et des ampoules. Autour du cou j'ai une médaille. On y a inscrit mon nom, le téléphone de l'hôpital, et ma maladie. Je suis diabétique.

J'ai reçu un ordinateur comme cadeau d'anniversaire. Ma mère l'utilise pour tenir les comptes de la maison. Quand elle a un problème, c'est moi qui lui montre comment le résoudre. Je crois qu'elle fait semblant de ne pas savoir, pour vérifier mes capacités. Elle a peur. Les docteurs ont dit que j'aurai un arrêt dans le développement de mon intelligence : certaines cellules de mon cerveau ont reçu trop de sucre quand j'avais cinq ans. Les docteurs ont montré à ma mère des chiffres et des courbes. Je sais qu'ils se trompent.

Quand ma mère part travailler, j'allume la télévision. Je regarde un film policier, puis je vais dans ma chambre. Je joue aux échecs contre l'ordinateur. J'ai commencé à le battre. Il est plus de minuit quand je me couche. Je serai joueur d'échecs.

Le vendredi soir je garde le fils d'un couple qui habite plus loin dans la rue. Le samedi matin, s'il fait beau, je lave des voitures dans les parkings. Je ne demande pas d'argent à ma mère.

La femme a tendu les bras. Elle cherche à se protéger. Elle attend le choc. Mon corps est inondé de sueur. J'ai la bouche sèche. Mes oreilles bourdonnent. Je ferme les yeux.

La femme tombe comme une pierre.

J'ai découpé dans les journaux les articles sur les deux femmes assassinées. Je les ai rangés dans un livre. De temps à autre, je les relis. Je pense à ma mère. Elle est jolie, comme les deux victimes. Plus, même. La police dit qu'il n'y a aucune raison pour que le tueur en reste là. Elles ont été étranglées. L'assassin les a suivies, puis s'est introduit chez elles. On ne dit pas comment. Il ne les a pas tuées immédiatement ; elles ont été violées. La police n'a fourni aucun détail, écrivent les journalistes, à part qu'elles vivaient seules.

La femme vient de s'écraser. Je sens la secousse glisser sous la terre et remonter dans mon estomac. Je lutte pour ne pas vomir. J'ouvre les yeux. La femme est repliée sur elle-même comme si elle avait froid. Sa robe est déchirée. Je vois un morceau de peau. Il paraît jaune. Autour de moi il n'y a personne. Au-dessus les balcons sont vides. Je m'approche de la femme. La neige fait des taches blanches sur sa robe. Sa main serre une photo. J'enlève mon anorak et je l'étends sur ses jambes. Elle vit peut-être. Les blessés ont froid, m'a dit ma mère.

La femme est morte. Ma mère l'a protégée avec une couverture.

« Les gens se suicident le jour de Noël, dit un officier de police quand on enlève le corps. Surtout ceux qui n'ont plus de famille. »

La photo dans sa main est celle d'une petite fille, Claire. C'est avec elle que la femme parle la nuit. Ma mère pleure. Elle me regarde. Elle passe un bras autour de mes épaules et nous remontons chez nous. Dans notre salon, au sommet du petit sapin de Noël, un ange lumineux clignote et tend les bras. Nous prions pour la femme et pour nous ; pour que le malheur ne croise pas notre chemin.

Dans l'immeuble, un appartement s'est libéré. Bientôt nous aurons de nouveaux voisins. D'abord, il y aura l'homme. Puis viendra la machine.

Aujourd'hui l'homme s'est installé. Je l'ai aperçu au moment où il sortait de chez lui. Il porte un blouson de cuir, un sac à dos et des chaussures de sport usées. Ses cheveux font des boucles. Il tient sous le bras un casque de motard. Je cours vers l'ascenseur. J'arrive trop tard. La porte se referme. Je dévale l'escalier et sors sur le perron.

L'homme se dirige vers l'un des parkings souterrains. Il y en a deux. Un sous chaque immeuble. J'attends à l'extérieur, caché derrière une voiture. J'ai oublié mes gants. Je souffle dans mes mains. L'eau du bassin gèle et fait des paillettes. Le ciel est bleu. L'homme passe à toute vitesse sur une moto. Je n'ai pas le temps de voir son visage. La moto est vieille mais semble en bon état. Elle fait un bruit particulier que je peux identifier. Il est cinq heures de l'après-midi.

A onze heures du soir la moto est de retour au parking. L'ascenseur s'arrête sur notre palier. J'abandonne ma partie d'échecs et je colle mon oreille à la cloison. L'homme est au téléphone ; à moins qu'il ne parle tout seul, comme la femme qui s'est jetée. Une voix résonne dans ma chambre. Je sursaute. L'ordinateur m'avertit. C'est à mon tour de jouer. La partie ne m'intéresse plus. Je déplace une pièce au hasard, et règle le temps de réponse au maximum. Je retourne à la cloison. Sur mon carnet, je note ce que j'entends. Plus tard je vais dans la cuisine. Je mange un biscuit et bois la moitié d'un verre de lait. Je relis ce que j'ai écrit.

Une porte d'entrée claque. Le voisin est ressorti ! Je vais sur le balcon. La nuit me pique les joues. Je mets les mains dans mes poches et j'écoute. Le froid reste silencieux.

Il n'a pas pris sa moto. Je sors m'en assurer. Je vais jusqu'au sous-sol. Je traverse le premier parking en rasant le mur. La moto est bien là. Que fait-il ? Il doit rôder dans l'immeuble !

Je remonte chez moi pour l'attendre. Lassé, je finis par me recroqueviller sous les couvertures et m'endormir. Quand ma mère m'embrasse et me secoue, je suis surpris de ne pas me réveiller comme d'habitude. Des grains de plomb roulent sous mes paupières.

Dans le hall de l'immeuble, près des boîtes aux lettres, il y a un tableau en carton perforé où on inscrit le nom des locataires. Celui de la femme n'a pas été remplacé.

Je vais voir le concierge. Le vrai concierge, Monsieur Faye, est en vacances ; dans l'immeuble, les locataires l'appellent le marabout parce qu'il est noir et porte un calot. Il nettoie les escaliers et l'ascenseur, et sort les poubelles ; il monte aussi chez les gens lorsque les cabinets se bouchent ou que le tuyau de l'évier a une fuite. Quand il s'ennuie, Monsieur Faye fait rouler des cailloux sur un petit tapis de couleur.

Je ne connais pas son remplaçant. Je frappe à la loge. Le remplaçant ouvre. Son front est barré de plis. Il parle avec l'accent soupçonneux des gens de la campagne.

— Qu'est-ce que tu veux ?

— Monsieur Faye n'est pas rentré ?

— Le mois prochain.

Je souris et dis :

— La femme du septième, celle qui est morte, son nom est encore au tableau.

Il hausse les épaules. Je continue :

— Ma mère veut faire un gâteau à notre nouveau voisin. On ne sait pas comment il s'appelle.

Le remplaçant a un sourire méfiant.

— Ça ne te regarde pas.

— Je vous apporterai une part de gâteau ; il est au chocolat avec beaucoup de crème. Ma mère le fait très bien.

C'est faux. Ma mère ne fait jamais de gâteaux. Le remplaçant salive et se tripote la braguette.

Il hésite, puis dit :

— Dégage ! Tu vas être en retard à l'école.

J'attendrai que Monsieur Faye revienne.

Nous sommes amis. Il prend toujours ses vacances l'hiver, pour visiter des pays chauds. Une fois il m'a rapporté un souvenir. C'était un crabe de cocotier. Il n'y avait que la coquille et les pattes.

Ma mère a préparé de la viande cuite avec une poudre rouge ; une de ses collègues, née dans une île, lui a donné la recette.

— C'est délicieux, dis-je à ma mère. Il faudra en refaire.

Je ne lui dis pas que la sauce est lourde, avec un goût douceâtre. Je n'en reprends pas, n'ayant pas envie de m'endormir.

J'accompagne ma mère jusque sur le palier de l'immeuble. Nous nous embrassons. Elle me fait ses recommandations. Je lui promets de me coucher tôt. Elle a un béret de laine, un gros manteau et une écharpe. Ses yeux brillent. Pour la première fois, j'ai hâte de la voir partir. C'est un sentiment nouveau. Je suis excité et effrayé par mon programme de la soirée.

Je ne connais pas le nom de l'inconnu qui vit à côté. Je n'ai pas vu son visage. Il sort toutes les nuits. Sa moto reste au parking. Ce soir, je suis décidé à découvrir ce qu'il fait.

Dehors, la lumière des réverbères est plus pâle que d'habitude. Je remonte chez nous. Je m'assieds devant la pendule. Je fixe les aiguilles. Dix minutes s'écoulent. J'appelle l'hôpital pour m'assurer que ma mère est bien arrivée.

L'homme est chez lui. Je tourne en rond dans ma chambre. Je fais des exercices respiratoires pour calmer mon anxiété. J'entends le voisin ouvrir sa porte. Je compte jusqu'à vingt. Je regarde dans le couloir : il est vide. Je sors et prends l'escalier qui conduit à la terrasse. Ma clé ouvre sans difficulté. Je referme la porte en laissant la clé dans la serrure. La terrasse forme un carré. Un parapet en fait le tour. Le sol est recouvert de goudron qui l'été colle aux semelles. Il y a des antennes rouillées partout. Des fils courent sur le sol. Un landau sans roues ressemble à une bête tapie. Je m'approche du coin ouest. De là, j'ai une vue d'ensemble. Je m'allonge contre le parapet en ciment. Le vent souffle du nord. Malgré mon anorak, mes gants, et un pull-over en grosse laine tricoté par ma mère, j'ai froid. Je ne bouge pas. Au-dessous, le jardin est vide, le bassin gelé. Je vois les gens dans l'immeuble en face. Je vois le reflet des écrans de télévision et la lueur des lampes de chevet. Je vois les rectangles sombres qui cachent les gens endormis. L'homme est entré dans l'immeuble. A moins d'un coup de chance, je n'ai aucun moyen de savoir chez qui il va. Il ne va chez personne. Il est sur le toit d'en face. Il nous espionne.

Ma mère repose sa tasse, cherche mon regard, et me dit qu'elle a téléphoné la veille à dix heures du soir et que personne n'a répondu. Je lui jure qu'à dix heures je dormais depuis longtemps. Je sais qu'elle ne peut pas lire dans mes yeux si je mens ou pas. J'ai découvert ça. Un autre cadeau laissé par mon père. L'hérédité fonctionne de façon mystérieuse, disent les médecins qui se sont occupés de moi. Rassurée, elle hoche la tête. Je me lève. Je rince mon assiette, mon bol et ma cuillère. Je suis de dos quand ma mère dit :

— Tu as rencontré notre nouveau voisin ?

— Non, dis-je en me retournant. Et toi ?

Je ne tiens pas à l'inquiéter en lui racontant mes expéditions nocturnes et celles du voisin. Je dois mener mon enquête avant de lui présenter mes conclusions. Elle écarte une mèche sur son front. Sous sa peau blanche les veines dessinent un réseau bleuté.

— Je l'ai croisé ce matin, dit-elle.

— Il a l'air de quoi ?

Elle hésite. Sa réponse ne me surprend pas.

— Je crois que nous devrions lui souhaiter la bienvenue, dit-elle.

Sur son front une veine s'est mise à battre. Je propose :

— Faisons-lui un gâteau au chocolat.

Ma mère lève la tête. Mon sourire est plein de bonne volonté.

Sur le chemin de l'école, au pied d'un arbre dont les branches ressemblent à des griffes, un oiseau gît sur le sol, les ailes repliées. Il est mort de froid. Un chat s'approche. La terre est trop dure pour que j'enterre l'oiseau. Je le ramasse et le mets dans une poubelle. J'aime les oiseaux et je déteste les chats. Je sors mon carnet et relis les phrases que j'ai notées l'autre nuit.

L'homme : « Je ne sais pas si c'est une bonne idée d'être là. »

Silence.

L'homme : « Je commence la nuit prochaine. »

Silence.

Je referme mon carnet. Je sais ce qu'il veut dire par « commencer ».

En sortant de l'école, j'entre dans une boutique tenue par un vieillard qui vend des choses que les gens jettent. La boutique n'est pas chauffée. Le vieillard ressemble à une araignée dans sa toile. Ses cheveux gris sortent d'un cache-col noir. En me voyant, il ricane.

— Ce sont tes copains qui t'envoient ?

Je le dévisage. Il écarte les jambes et glisse une main dans son pantalon pour se gratter.

— C'est ça.

Il secoue la tête, retire sa main et jette un regard sur ses ongles.

— Les magazines sont sous le comptoir. Choisis. C'est à la pièce.

Je ne bouge pas. Le vieillard poursuit :

— Je t'entendrai si tu arraches une page ! Attention !

Autour de moi il y a un tas d'objets de toutes sortes, couverts de poussière. Au bout d'un moment le vieux demande :

— Les filles nues ne t'intéressent pas ?

Je hausse les épaules.

— Qu'est-ce que tu cherches alors ?

Je réponds :

— Des jumelles.

— Tu veux te rincer l'œil, hein ! Comment est-elle ?

Il respire très fort, attendant les détails.

— C'est pour les oiseaux.

Le vieux brandit un poing.

— Tu es un menteur et un vicieux.

Il rigole.

— Combien d'argent as-tu ?

Je fouille dans mon sac. Je lui laisse voir un ou deux billets.

— Assez.

Les jumelles sont dans un étui de cuir sur lequel est inscrit : *Capitaine S.* Ces verres puissants ont vu des pays lointains, des récifs, des naufrages, et bien d'autres choses, dit l'araignée.

Elle exige pour le tout un prix élevé.

— Les choses n'ont pas de souvenirs. Elles sont usées. C'est tout ce que je peux vous donner, dis-je.

L'araignée rechigne, se mouche dans ses pattes, et accepte.

Je suis de retour sur le toit. Le ciel est clair. Des avions clignotent au-dessus de ma tête. Je ne suis jamais monté en avion.

Ce soir, l'homme a changé d'avis. J'entends sa moto s'éloigner. Une voiture démarre dans le parking. Elle laisse un nuage de vapeur derrière elle. Je décide d'aller prendre la place de l'homme sur le toit d'en face. La clé du gérant ouvre aussi la porte de la terrasse voisine. J'allume un instant ma lampe de poche. J'étends un morceau de toile pour ne pas salir mes vêtements à l'endroit où l'homme a l'habitude de se poster ; il y a plein de mégots par terre. Je pose mes coudes sur le parapet et règle la mise au point des jumelles. La mollette est dure. Je commence par les fenêtres de notre appartement. On ne peut pas deviner ce qui se passe à l'intérieur : j'ai fermé les rideaux. Il n'apprendra rien sur nous. Une aiguille de glace me traverse l'esprit. Que fait l'homme quand je suis à l'école ? Vient-il sur le toit ? Si ma mère laisse entrouverts les rideaux de sa chambre ou de la salle de bains, il a toutes les chances de la voir. Je dois vérifier. Demain, je trouverai un prétexte pour manquer l'école.

Je déplace mon champ de vision au sixième étage. Je rencontre le peignoir élimé de Monsieur Kamel, qui dîne dans sa cuisine. C'est un homme d'une cinquantaine d'années, au crâne chauve, aux habitudes étranges. Il vit seul et ne fait rien. Je l'ai croisé au supermarché. Monsieur Kamel n'achète que des boîtes de conserve et de la bière de couleur noire. Je distingue la cuillère en plastique qu'il plonge dans une boîte dont le couvercle fait une tache brillante. Monsieur Kamel ouvre la bouche de façon mécanique. On dirait un poisson s'asphyxiant lentement dans son bocal. Sur le pare-chocs de sa voiture une étiquette dit : *Nous reviendrons.* Je ne sais pas de qui il s'agit.

Dans l'autre appartement éclairé, Madame Vania et sa fille se disputent. C'est leur passetemps favori. La fille a quinze ans. On lui en donne vingt, dit ma mère, qui trouve qu'elle se maquille trop. Les hommes lui tournent autour. L'un d'entre eux a envoyé une lettre avec un cercueil dessiné sur l'enveloppe. Madame Vania a ouvert la lettre sans la montrer à sa fille. Elle l'a lue à ma mère. L'auteur, un homme marié, menace de se tuer si la fille ne l'épouse pas après son divorce.

Monsieur Vania est bien rasé et propre même les jours fériés. On sent son eau de Cologne dans l'ascenseur. Il travaille à la mairie. Dans le parking, la place qui porte le numéro de leur appartement est vide. Ce soir, Monsieur Vania est sorti. Il sort souvent. C'est sa voiture que j'ai vue partir. Madame Vania a un visage osseux. Elle ressemble à un cheval.

Je continue d'examiner la façade de l'immeuble. Je m'arrête au cinquième, chez les Razori. Ils en sont à leur troisième bouteille de vin.

Monsieur Razori est retraité de l'armée. Je suis allé chez eux un jour où sa femme n'était pas là, pour l'aider à cacher des bouteilles de vin en haut d'un placard. Monsieur Razori porte en permanence un survêtement et des sandales. Il ne peut plus mettre de souliers à cause des vers qui pondent à l'humidité et qui vivent dans ses pieds. Les vers viennent d'un pays dont le nom ne figure pas dans les livres de géographie. Monsieur Razori m'a expliqué qu'on en avait changé le nom quand lui et les autres soldats étaient partis.

Monsieur Razori fait collection d'objets antireligieux. Son préféré est un curé en soutane sculpté dans une croix. Quand on appuie sur la tête du curé, la soutane s'écarte et le curé montre sa bite dont le bout rouge est très gros. Monsieur Razori affirme que c'est le genre de friandises que les curés proposent aux enfants qui vont dans les kermesses et disent l'office en robe blanche. J'ai rangé les bouteilles, pris l'argent et refusé d'admirer le reste de la collection.

Madame Razori a un nez qui ressemble à une planète inconnue. Il est plein de trous qui ne se reboucheront jamais. Monsieur et Madame Razori ne se parlent plus. La nuit, si on emprunte le couloir du cinquième, on entend leurs ronflements.

Il n'y a aucune lumière au quatrième. A partir du troisième on ne peut plus voir à l'intérieur des pièces. Les gens que l'homme observe habitent donc plus haut. Il est tard. Je claque des dents. L'air crisse comme une lame d'acier. Je dois partir.

En entrant dans mon immeuble, je croise Monsieur Kamel en compagnie d'un homme. Monsieur Kamel porte un chapeau. Il détourne la tête, mais je l'ai reconnu.

Ma mère dit en me réveillant :

— Tu as de la fièvre. Je préfère ne pas t'envoyer à l'école aujourd'hui.

J'ai pris froid hier soir sur la terrasse. Je n'ai plus besoin de prétexte pour rester à la maison mais je dois en trouver un pour ne pas passer ma journée au lit. Je me lève. Le sol vacille puis se stabilise. Je passe ma robe de chambre et je rejoins ma mère dans la cuisine.

— Retourne te coucher, dit-elle. Je t'apporte ton chocolat au lit.

Je m'assieds sur une chaise.

— Je n'ai pas faim. Couché, j'ai la tête qui tourne.

Elle me fourre un thermomètre dans la bouche et demande :

— Tu t'es bien couvert, hier ?

Je hoche la tête. Elle retire le thermomètre. Ses gestes sont précis et naturels.

— Tu as mal à la gorge ?

J'avale ma salive. J'ai comme une gêne.

— Ça me gratte.

J'avale les comprimés qu'elle me tend, et je me gargarise avec un liquide chaud et salé que je recrache bruyamment dans l'évier en faisant semblant de vomir. Ma mère me lance son regard mécontent, et avec des gestes brusques m'entoure le cou d'un foulard en soie.

Après son petit déjeuner, elle commande :

— Je vais dormir. Viens t'allonger près de moi !

J'obéis. Petit à petit, je sens sa main relâcher la mienne. J'attends un moment puis je me lève. Je retourne dans ma chambre. Je prends les jumelles et me poste au coin de la fenêtre. J'écarte le bord du rideau et je cherche à apercevoir si l'homme est sur le toit d'en face. Il n'y est pas.

— Zacharie !

Je n'ai pas entendu ma mère arriver. Il y a dans son regard un reproche que je vois pour la première fois. Elle m'enlève les jumelles des mains.

— Tu n'as pas le droit d'observer les gens à leur insu !

Je veux m'expliquer mais elle ne m'en laisse pas le temps.

— Qu'est-ce que tu dirais, toi, si quelqu'un faisait la même chose avec moi ?

— Faire quoi ?

— M'observer avec des jumelles quand je me déshabille, ou quand je prends un bain, sans que je le sache ?

L'angine a gagné du terrain malgré les

gargarismes. J'ai mal à la gorge. Je réponds difficilement :

— J'irais à la police.

Ma mère jette les jumelles sur mon lit.

— Ne t'en sers plus pour entrer chez les gens sans invitation. Retourne te coucher !

La fièvre m'a tenu quatre jours au lit. Une collègue de ma mère est venue dormir deux soirs à la maison. J'ai fait de nombreux rêves et déliré dans mon sommeil. Ce matin, je vais mieux. J'ai le samedi et le dimanche pour me rétablir avant de retourner à l'école. Ma mère me rafraîchit la mémoire :

— Tu as eu une bonne idée. Dimanche nous ferons un gâteau de bienvenue à Jacob, notre nouveau voisin. Je l'ai croisé ce matin. Nous avons pris un café ensemble. Il est très gentil.

Je comprends qu'elle a envie de parler de lui.

— Est-ce qu'il te plaît ?

Ma mère me regarde, interdite. Nous n'avons jamais abordé ces choses-là, avant. Je l'ai entendue dire à une collègue : « J'attends l'homme de ma vie. »

— Tu penses que moi je lui plais ?

Ma mère n'est pas très grande, et comme elle ne met pas de chaussures à talons elle fait un complexe. Je lui ai appris que de grandes actrices étaient plus petites qu'elle. Ça l'a un peu rassurée.

— J'en suis certain, dis-je.

Elle rougit. Elle est encore plus jolie. Elle s'arrange pour cacher son regard derrière ses mèches noires. Je dépose un baiser sur sa joue.

— Je t'aiderai pour le gâteau.

Dimanche, après la lecture de la Bible, nous nous lançons dans la préparation du gâteau au chocolat. Malgré mon manque d'énergie, je bats les blancs en neige. La recette a été découpée dans un magazine. Nous suivons mot à mot les instructions, comme quand ma mère fait sa teinture de cheveux. Le résultat final s'écarte de la photo. Pour la texture, qui doit être moelleuse, fondante, et délicatement parfumée : je ne sais pas. Je n'ai pas droit aux pâtisseries.

Vers cinq heures du soir, ma mère me met le plat dans les bras et me demande d'aller sonner chez notre voisin. J'obéis.

Avant de sortir je remarque une bouteille de vin rouge sur la table. Nous ne buvons jamais de vin, sauf à Noël et au jour de l'An.

Je suis de retour cinq minutes après.

— Il n'y a personne.

Ma mère est contrariée. Elle regarde la pendule. Il lui reste deux heures avant de se préparer pour son travail.

— Attendons, il va sûrement arriver, dis-je.

Nous nous asseyons. Le gâteau nous sépare. Je regarde la bouteille de vin, puis le gâteau.

A six heures ma mère dit :

— Il vaut mieux mettre le gâteau au réfrigérateur.

A sept heures, je dis :

— Je vais voir si sa moto est au parking.

Ma mère s'informe :

— Quel genre de moto a-t-il ?

— Un vieux modèle. Une marque étrangère.

— Mets ton manteau et ton bonnet avant de sortir.

Quand je remonte, elle a passé son uniforme.

— Il n'est pas rentré.

Elle hausse les épaules. Elle est déçue.

— Nous le lui apporterons demain.

Nous nous embrassons. Je ferme les yeux. Son cou a une odeur particulière. Je reconnais le parfum que ses collègues de l'hôpital lui ont offert pour son anniversaire.

Sur la publicité j'ai lu qu'il était irrésistible. C'est vrai.

J'ai laissé mon chariot dans une allée. Je me suis approché du rayon légumes. Les prix augmentent à cause du froid. Nous mélangeons légumes frais et conserves pour rester dans notre budget repas.

Deux femmes parlent d'un ton excité. J'écoute leur conversation. Une troisième victime a été retrouvée dans son appartement. Assassinée. Violée. Les deux femmes habitent loin. La nuit arrive. Elles n'ont plus de temps à perdre. La plus maigre heurte mes tibias avec son chariot. J'ai mal. Je la regarde en faisant la grimace. Elle dit :

— Je suis pressée, pousse-toi. On n'est plus en sécurité avec cet assassin.

Je réponds :

— Vous ne risquez rien. Les victimes sont jolies.

Elle dit, grise de colère :

— Sale morveux. J'espère que ta mère lui plaira.

Je pose mon sac à provisions devant le marchand de journaux. Les réverbères s'allument. Les voitures roulent vite. Les gens achètent leurs journaux et filent, les épaules voûtées. Le marchand a allumé un brasero. Il chauffe la main qui lui reste. Avant de vendre des journaux il était charpentier.

— Quoi de neuf, Zach ?

J'enlève mes gants et je tends mes mains vers les morceaux de charbon qui s'irisent.

— Pas grand-chose.

Il me demande si j'ai trouvé la revue que je cherchais. Je hoche la tête.

Je jette un coup d'œil sur les titres du soir. Il marmonne :

— C'est moche d'être une femme seule par ce froid.

Je reste silencieux. J'enfile mes gants et ramasse mon sac.

— Dans mon rêve, je protégeais ma mère.

Ça m'a échappé. Il n'a pas entendu. Il rend la monnaie à un homme, en pardessus et en chapeau, qui fume un cigare.

Je rentre chez moi. Ma mère n'est pas à la maison. Elle remplace une collègue pour la journée. A six heures je reçois un appel de l'hôpital. Une voix dit :

— Ne t'inquiète pas. Ta mère va tarder.

J'allume la télévision et je prépare le dîner. A sept heures, le présentateur annonce que le maire va intervenir. Je m'assieds sur le divan pour écouter. La dernière victime de l'assassin, dit le maire, travaillait à la bibliothèque municipale. C'est une fonctionnaire exemplaire qui laissera un vide. Je change de chaîne. Le maire réapparaît pour dire la même chose. J'éteins la télévision. Je m'assois près de la fenêtre. Je ne pense à rien.

Il est plus de neuf heures du soir quand ma mère arrive. Je la vois descendre de voiture. Je cours dans la salle de bains. Je ferme la bonde de la baignoire, ouvre l'eau chaude à fond et donne un demi-tour à l'eau froide. Je mets des paillettes dans le bain ; de celles qui ne font pas de mousse. Je rallume le feu sous la soupe que j'ai préparée. J'entends la porte de l'appartement se refermer. Ma mère entre dans la cuisine. Elle est pâle, bouleversée. Elle s'assied sur une chaise sans me prendre dans ses bras et laisse tomber son sac. Elle baisse la tête et contemple le sol. Elle tremble. Je dis :

— Je suis au courant. Ne t'inquiète pas. Je te protégerai.

Je remplis un bol de soupe et le pose devant elle. Elle lève les yeux. Ils sont mouillés. J'essaye de la rassurer :

— N'aie pas peur. Il ne viendra pas chez nous. Je suis là.

Ma mère me regarde et dit :

— Jacob, notre voisin, a le cou brisé.

Le gâteau est dans le réfrigérateur.

Je m'avance dans le couloir. Sur le mur, à la hauteur de mes yeux, quelqu'un a écrit :

Je vis dans une coque parallèle à la terre.
Hier appartient à l'histoire,
Demain est un mystère,
Aujourd'hui est un cadeau.
C'est pour ça qu'on l'appelle Présent

Nous continuons à marcher dans le couloir de l'hôpital. Les chaussures de ma mère font « Tfft, Tfft, Tfft » sur le linoléum. Au bout du couloir, il y a la Vallée de l'Ombre de la Mort. Une série de chambres avec des portes vitrées. Chaque chambre a un numéro. Notre voisin est dans la 12. Tout ce que je vois de lui, c'est une forme raccordée par des tuyaux à des appareils. Je ne connais toujours pas son visage. Je demande à ma mère :

— Qu'est-ce qu'on va faire du gâteau au chocolat ?

Elle pleure.

Plus tard je suis assis dans un bureau. Dans un coin, il y a un lit métallique avec des draps propres. Au-dessus de moi des écrans de télévision. Sur l'un d'eux on voit la chambre 12. Je pense : « Il est peut-être tombé d'un toit en espionnant d'autres gens. » Je n'ose pas le lui dire.

— Que lui est-il arrivé ?

— Un accident de moto, répond ma mère. Une voiture l'a renversé.

— Il va remarcher ?

Ma mère paraît plus petite, tassée.

— Il ne peut même plus parler, murmure-t-elle.

Je comprends que Jacob lui plaisait vraiment. Je prends sa main et la serre très fort.

— Je ne veux pas de moto quand je serai grand.

J'ai pensé que c'était fini, que Jacob allait être enterré, que nous allions retrouver nos habitudes, et qu'en fin de compte il n'y avait rien de changé.

Trois mois plus tard, Jacob est revenu dans l'appartement voisin du nôtre, et c'est là que tout a commencé. Ou repris.

Quand je rentre de l'école, une ambulance stationne devant chez nous. Sur le trottoir, deux hommes en blouse grise ont empilé des appareils et des cartons dans un chariot. Monsieur Razori revient de sa promenade. Monsieur Razori ne craint pas de s'enrhumer : « Le vin protège, répète-t-il ; et le froid fait du bien à mes pieds. »

J'ai suivi les deux livreurs à l'intérieur de l'immeuble pour voir à quel étage ils allaient. Le plus petit m'a regardé, et a appuyé sur le bouton du septième en disant que c'était complet et que je n'avais qu'à prendre l'escalier. Monsieur Razori m'a rejoint. Il est essoufflé et de mauvaise humeur ; il a la tête en avant et le cou tendu. Il ressemble à un chien hargneux en face d'un chat. Il me prend à témoin en hurlant que nous habitons un immeuble, pas un hôpital : il veut savoir chez qui vont toutes ces caisses. Il frappe avec sa canne sur la porte de l'ascenseur restée bloquée à l'étage. Il crie d'impatience, et traite les livreurs de

« salopards ». Monsieur Razori a fait la guerre, et ne peut plus attendre pour pisser.

J'avais oublié Jacob. Nous ne le connaissions pas vraiment, et ma mère n'en parlait plus. Pour nous, cette histoire, c'était comme la peur de s'être fait mal. Je découvrais que Jacob n'était pas mort, qu'il revenait dans notre vie, sauf qu'à présent il n'allait plus nous emmerder en se baladant sur les toits. « Je crois que c'est pour l'homme du septième. Il est paralysé », dis-je à Monsieur Razori. Il s'est mis à grogner que l'homme du septième pouvait crever ; le vrai malade c'était lui, et qu'il allait sortir et pisser sur le gazon parce qu'il n'en pouvait plus. Il est ressorti aussitôt en se cachant l'entrejambe ; il n'avait pas pu se retenir. Dans ses sandales, ses pieds étaient piqués de croûtes foncées et pour la première fois j'ai remarqué que ses ongles avaient la forme d'accents circonflexes. Le même jour, à la nuit tombée, on a débarqué Jacob d'une autre ambulance.

J'ai entrouvert notre porte. Je l'ai vu passer. Il était dans un fauteuil à roulettes ; des ombres s'agitaient autour de lui en chuchotant. Plus tôt, ma mère, répondant à une de mes questions, m'avait appris : « On transporte Jacob cette nuit. Ne t'inquiète pas s'il y a du bruit à côté. »

Je me suis retrouvé une fois encore l'oreille collée à la cloison. Je n'entendais plus la femme gémir ou l'homme parler ; j'entendais deux sons différents. Le premier était grave, pesant, lourd ; celui d'un animal blessé. Après un court instant, venait le second : aigu, fort, comme quelqu'un qui envoie de l'air pour déboucher un tuyau. Puis le premier reprenait, et le second. Et ainsi de suite.

J'ai écouté les yeux fermés. Ça ressemblait au souffle d'une baleine. J'ai songé à Moby Dick, la seule baleine dont je connaissais le nom. Au bout d'un moment, j'ai décollé mon oreille, j'ai repoussé les draps et je me suis assis. Je ne me sentais pas bien. J'ai essayé sans y arriver de respirer à fond mais ma poitrine était bloquée ; j'étouffais, mes oreilles bourdonnaient. Le souffle était insupportable. Je me suis enfui dans la chambre de ma mère. Je me suis jeté sur son lit, j'ai plongé mon visage dans son oreiller ; je l'ai caressé, je l'ai pressé de toutes mes forces pour en extraire l'odeur : son odeur. Je l'ai respirée du plus fort que je pouvais. Elle me protégeait, Moby Dick ne me suivrait pas jusqu'ici.

J'ai moins froid à présent. Je n'étouffe plus. J'ai ramené mes genoux sous moi pour calmer mon mal au ventre.

Je dois vérifier mon urine et mon sang après chaque malaise que je ne peux pas expliquer. Le docteur m'a averti ; c'est peut-être le début d'une crise d'acétone. Je peux mourir si personne ne s'occupe de moi.

La trousse qui contient les lames, les bandelettes en papier pour le sang et l'urine, et le tableau avec les cases de couleur, est dans ma chambre sur ma table de nuit.

Je ne suis pas retourné la chercher. Je me suis contenté de souffler et de renifler mon haleine. Ensuite, plié en deux à cause de mon mal de ventre, je suis allé à la cuisine et j'ai uriné dans un verre. Grâce à Dieu, ni mon haleine ni mon urine ne sentaient l'acétone. J'ai vidé le verre dans les toilettes ; je l'ai lavé à plusieurs reprises ; je l'ai essuyé, et je l'ai aligné avec les autres dans le placard.

Ces verres sont décorés de cartes à jouer ; c'est la fabrique de limonade du quartier qui les offre à ses bons clients. J'achète parfois de la limonade. Je n'en bois pas. Ma mère non plus. On dit que c'est pour les invités, mais nous n'avons pas d'invités. La caissière du supermarché affirme que le verre avec les quatre as porte chance ; une voyante le lui a prédit. Nous avons six verres, mais pas celui avec les as. Ils sont rares. La caissière n'en a jamais vu. En attendant, nous échangeons nos doubles avec des clients du supermarché.

J'ai mouillé un torchon au robinet et je me suis couvert le front avec. Des rigoles d'eau m'ont chatouillé les lèvres. Je les ai fait glisser sur ma langue. J'ai rempli une bouillotte et je suis retourné dans la chambre de ma mère. Je me suis couché sans défaire les draps. J'ai laissé la lampe de chevet éclairée. J'ai serré l'oreiller contre moi. La bouillotte m'a réchauffé le ventre ; le torchon m'a rafraîchi le front. Mes yeux se sont fermés.

A mon réveil, dehors il y a la lumière grise du jour, et la nuit traîne encore : les réverbères sont allumés. Sur mon front le torchon a séché ; la bouillotte est tombée par terre pendant que je dormais.

J'ai arrangé les plis du couvre-lit et remis l'oreiller en place. Je ne veux pas que ma mère s'inquiète parce que j'ai passé la nuit dans sa chambre. Nous devons garder nos habitudes ; sans elles, les difficultés nous attendent. « Les habitudes servent à protéger et tiennent à distance le malheur », dit maman.

Dans le salon, j'ai allumé la télévision Des quartiers n'ont plus d'eau depuis hier soir : les canalisations ont éclaté avec le gel. Le présentateur parle de la force silencieuse du froid et de la bouteille d'eau qu'on oublie au congélateur. Je suis content que nos tuyaux à nous aient résisté. Ma mère ne va pas tarder. J'ai préparé le petit déjeuner. Je guette son retour pour faire couler son bain. Je me suis promis que dans l'après-midi j'irais au supermarché échanger le verre qui m'a servi hier soir.

Je n'ai rien raconté à ma mère de mes frayeurs. La nuit suivante, j'ai renouvelé ma tentative. Je me suis couché le plus tard possible. J'ai fermé les yeux en prenant soin de respirer bien régulièrement pour ne pas m'angoisser. J'ai pensé à une partie d'échecs que je me suis forcé à jouer. J'ai perdu lentement le fil et j'ai senti le sommeil arriver ; mais le souffle de Moby Dick s'est faufilé à sa place et les malaises ont repris. Le lendemain, juste avant son départ pour l'hôpital, j'ai dit à ma mère qu'un bruit bizarre m'empêchait de dormir. Elle est venue dans ma chambre. Elle a écouté un moment. Après, elle a secoué la tête et m'a dit qu'elle n'entendait rien et que j'avais dû faire un cauchemar ; j'avais écouté avec elle, et moi non plus je n'avais rien entendu. Le soir même, avant de me coucher, j'ai allumé une bougie et j'ai fait une prière pour que le souffle reste de l'autre côté. J'ai remis mes vieilles peluches autour de moi, en ordre de bataille. Je me suis endormi sur-le-champ. Le souffle m'a réveillé. Au bout de la troisième nuit, j'étais terrorisé. Quelque chose, je ne sais pas quoi, cherche à m'entraîner là où je ne veux pas aller. Ce n'est pas un cauchemar et ça n'a rien à voir avec ma maladie. Je ne peux pas passer mes nuits dans la chambre de ma mère, ou m'enfuir de chez nous. Je ne sais pas comment m'en sortir.

Après l'école, j'ai erré au hasard de trottoir en trottoir ; j'avais mal à la tête, à force de tourner en rond, et je commençais à avoir peur de rester la nuit seul à la maison.

Je dépasse un groupe de vieux et de vieilles qui se serrent comme des moutons dans une encoignure. Vêtus de manteaux et de chapeaux, ils soufflent sur leurs doigts et parlent tout bas dans une langue inconnue. Je les ai déjà vus. Ils viennent dans le quartier une fois par semaine, le jour où le supermarché jette la nourriture qu'il ne vend plus. Les vieux fouillent dans la grande benne, s'arrachent les restes, et repartent. Parfois, une passante leur tend du pain frais.

Une affiche jaune clouée à un arbre attire mon attention. Je me mets sur la pointe des pieds pour la lire. L'encre est toute fraîche. Il y a écrit :

Envoutements, Retours d'afections, Licenciments
Monsieur Diwa
Marabout
Résultat garanti.

J'ai entendu parler des marabouts. Là où on habitait avant il n'y en avait pas ; dans notre nouveau quartier il y en a beaucoup. Madame Vania a prévenu ma mère : il ne faut pas leur faire confiance ; une amie à elle, très avare, a été envoûtée, et un marabout lui a pris tout son argent.

J'ai compris ! Le signe que j'attendais ! D'un coup, le mot « concierge » s'est illuminé dans ma tête comme un néon : Monsieur Faye ! J'étais son ami : il m'aiderait sûrement. Je râlais de ne pas y avoir pensé avant.

Regonflé, je me suis mis à marcher, les yeux vides comme Arnold Schwarzenegger dans *Terminator*. Un ordinateur me communiquait des informations sur les gens que je croisais. Je m'amusais à leur faire peur ; je fonçais droit sur eux, et je les évitais au dernier moment. Certains sursautaient et me traitaient d'abruti ; d'autres s'écartaient et souriaient. J'ai continué mon chemin vers Monsieur Faye.

Les rues sont coincées entre de vieux immeubles dont les briques ont noirci. Au rez-de-chaussée, il y a des poubelles, des vidéo-clubs, des épiceries pour les pauvres, et des cafés où des hommes boivent au comptoir et fument des cigarettes en regardant d'un œil à moitié fermé les filles sur les réclames d'apéritifs.

Je suis entré dans un square au milieu duquel il y a un drôle de monument : des bébés volent au-dessus de gros poissons qui ont une tête de lion. La sculpture en face de moi s'appelle *La sagesse vient à nous quand elle ne sert plus à rien.* Une femme et son chien tournent en courant autour du monument pour se réchauffer. J'ai voulu jouer avec eux, mais la femme m'a dit de les laisser tranquilles et le chien a aboyé.

J'ai traversé le square. L'immeuble que nous habitons est de l'autre côté. Juste derrière, j'ai vu un morceau de béton gris : c'est l'hôpital où travaille ma mère. La loge de notre concierge est au fond d'une courette. Un vélo sans selle est appuyé contre le mur. Monsieur Faye est chez lui. Je me suis assis sur le sol glacé et j'ai réfléchi à ma situation. Je ne savais pas si j'avais envie de parler de tout ça avec lui. J'ai avalé ma salive jusqu'à ce que ma bouche soit sèche, et j'ai pris ma décision. Je n'avais pas le choix ; personne d'autre que Monsieur Faye ne pouvait m'aider ; et si je continuais à attendre, mon courage se dégonflerait. Alors j'y suis allé. J'ai sonné timidement à sa porte. Il m'a ouvert. Il portait un gilet et une longue chemise. Il était en chaussettes et sans calot.

Il m'a demandé :

— Qu'est-ce que vous voulez ?

Monsieur Faye vouvoie tout le monde, et il aime qu'on fasse de même avec lui. J'ai bafouillé :

— J'ai besoin de vous, monsieur Faye, s'il vous plaît.

Son visage était rond comme celui d'un

phoque, avec des paupières encore plus noires.

— C'est très important, ai-je dit. Je ne peux plus dormir dans ma chambre.

Il m'a étudié, l'œil soupçonneux. Il a deviné mon désarroi.

— Vous avez peur de quelque chose ?

J'ai approuvé de la tête. Monsieur Faye a pris son temps, puis il a levé l'index pour me signifier sa décision.

— Suivez-moi !

Les persiennes étaient fermées. Une ampoule électrique au bout d'un fil éclairait la pièce. Des sacs à provisions étaient rangés contre un mur près d'une natte et d'un traversin. Il y avait aussi un lit en fer. Monsieur Faye est passé derrière une table de cuisine et m'a indiqué une chaise pliante. Sur le bureau, s'entassaient des fioles, des bouts de ficelle, des boîtes et des morceaux de tissu ; et aussi le petit tapis et les cailloux.

Monsieur Faye m'ordonne de rester silencieux. Il caresse les poils blancs de sa barbe. Sa voix résonne soudain dans la pièce. Il a compris.

— Il fait un travail contre vous. Ce sont des maléfices !

Je me suis alarmé. L'assassin n'avait toujours pas été arrêté par la police, mais il n'avait pas recommencé à tuer.

— Qui ? L'assassin ?

— Non, non, celui qui est comme un mort.

J'étais pétrifié. J'avais la chair de poule, et

de nouveau mal au ventre. Je me suis mordu les lèvres de douleur. Monsieur Faye a ouvert un tiroir et sorti un cahier d'écolier. Dans la poche de son gilet il a pris un stylo à bille. Il s'est penché en avant et a approché son visage du mien. Il a murmuré :

— Il est tout près. C'est un animal !

Comment pouvait-il savoir ? Je ne voulais pas lui en dire plus ; lui parler de l'homme du septième étage.

— Pouvez-vous faire quelque chose contre lui ?

Il a ébauché un sourire devant ma faiblesse.

— Nous allons travailler. Dites-moi quelle forme il prend ! Un lion, un léopard, un crocodile ? Une panthère ?

J'ai expliqué :

— Non, c'est comme un souffle de baleine.

Monsieur Faye a hoché la tête. Il a écrit sur son cahier, puis a réfléchi un moment.

— Vraiment, là, c'est un gros poisson, a-t-il constaté.

Les mots sont sortis de ma bouche sans que j'aie pu les rattraper.

— Non, c'est un mammifère.

Monsieur Faye a eu un geste d'agacement.

— Nous ne connaissons pas son espèce propre ! a-t-il dit.

Monsieur Faye a noué des morceaux de ficelle qu'il a disposés sur la page ouverte du cahier, puis il a pris un chapelet et s'est mis à marmotter des paroles incompréhensibles en faisant tourner les boules entre ses doigts. Sa tête était inclinée en avant. On aurait dit qu'il parlait en dormant. Les boules cliquetaient légèrement. J'avais sommeil. Quand il a parlé, j'ai sursauté.

— Pendant sept jours vous ferez la baleine, m'a-t-il dit. Prenez un bain. Dans l'eau mettez une cuillère de lait et du gros sel. Plongez la tête et comptez jusqu'à soixante-dix-sept. Ne respirez pas ! Avant de vous coucher, récitez sept fois la prière des morts. N'oubliez pas de cacher du sucre sous votre lit. Vous avez compris ?

Je lui ai demandé :

— Pourquoi le sucre ?

Cela avait-il un rapport avec ma maladie ?

— Les gens diront du bien de vous.

J'ai été à moitié rassuré. Mon ventre allait mieux.

— Que va-t-il m'arriver ?

— Le matin du huitième jour l'autre baleine ne pourra plus vous suivre !

Il a déchiré une feuille du cahier qu'il m'a tendue, avec les bouts de ficelle attachés.

— Voici la prière des morts. Brûlez la feuille et les ficelles le septième jour à minuit. Mettez les cendres dans le bain. Ne vous lavez pas !

Il s'est levé, puis s'est rassis.

— Il y a autre chose ! Pendant le traitement restez à l'abri de la lune. Alors ? Est-ce que vous avez tout compris ?

— Oui, monsieur Faye.

Il a pris son stylo qu'il a fait tourner entre ses doigts.

— Je ne dirai rien à madame votre mère, a-t-il conclu. Mais tout ça reste entre amis. Je ne veux pas d'ennuis avec le gérant.

J'ai promis. En le quittant, j'ai serré dans ma poche ce qu'il avait préparé. Il est sorti derrière moi, muni de sa caisse à outils.

— Je vais chez Monsieur Kamel, a-t-il dit. Son évier est bouché.

J'ai continué à suivre le traitement de Monsieur Faye. Le cinquième jour, allongé sur le ventre dans la baignoire, j'ai plongé sous l'eau comme d'habitude en me pinçant le nez. J'ai bloqué ma respiration. Je devais tenir jusqu'à soixante-dix-sept. C'était difficile. Les maléfices me poussaient à relever la tête. J'ai résisté. Une seconde, une autre, puis une autre... Je comptais. J'étais arrivé à soixante-huit quand une main m'a empoigné les cheveux et m'a tiré de l'eau.

Ma mère m'a crié au visage :

— Zacharie ! Ça fait plus d'une minute que je frappe à la porte !

J'ai bien vu qu'elle avait eu peur. Elle a dit, soulagée, voyant que je ne m'étais pas noyé :

— Ne recommence plus ça !

Puis :

— A quoi joues-tu en maillot de bain dans la baignoire ?

Je me suis frotté la tête, à l'endroit où elle m'avait empoigné. J'ai répondu :

— Je fais la baleine.

Ma mère a soupiré :

— Je n'aime pas du tout ce jeu.

Nous nous sommes regardés. J'ai fait une grimace et je lui ai envoyé un baiser mouillé. Elle a ébouriffé mes cheveux et dit :

— Tu as plutôt l'air d'un hérisson sous la pluie.

Nous avons éclaté de rire. Au bout d'un moment le calme est revenu.

— Lave-toi les oreilles, et dépêche-toi. Le dîner est prêt, a-t-elle dit en me laissant.

Depuis la veille, le souffle avait perdu de sa force. Plein d'espoir, décidé à en finir, j'ai respiré à fond et j'ai replongé en pensant à Monsieur Faye.

J'ai mis le couvert dans la salle à manger avec la nappe parce que c'était samedi soir. En semaine, nous dînons à la cuisine sur la petite table en bois ; quand je suis seul, je mange au-dessus de l'évier pour ne rien salir, et surtout ne rien laver.

Nous nous sommes assis. Nous avons fait une prière rapide pour remercier Dieu de ce repas. Après la salade, nous avons eu des grosses pommes de terre et des carottes, avec de la viande. Ça manquait de sel et les pommes de terre n'étaient pas cuites, mais j'ai fait celui qui se régalait.

A table, ma mère adore m'entendre parler de l'école et du métier que je ferai plus tard. Aujourd'hui, j'avais décidé d'être marabout ou artiste de square mais pour lui faire plaisir j'ai annoncé mon envie de devenir chirurgien. Je change tout le temps. Moi, à table, j'aime mieux parler du restaurant et du film du dimanche. Chacun de nous a poursuivi son idée en essayant de changer la conversation jusqu'au dessert ; une salade de fruits avec des bananes et des raisins noirs que j'avais achetés en promotion. Je parle des raisins ; ils étaient noirs et durs, et pas très sucrés. Les bananes, elles, sont tout le temps en promotion. Celles que j'aime, ce sont les grandes jaunes, sans taches marron, avec des bouts qui ne ressemblent pas à des crottes de nez.

Notre appartement a deux chambres à coucher séparées par une cuisine et une salle de bains. Le couloir va de la porte d'entrée jusqu'au salon-salle à manger. Nous avons quatre fenêtres sur la cour et un balcon sur la rue. L'été je me mets au balcon et je m'exerce à cracher le plus loin possible sans me faire voir. Une fois, j'ai touché un passant sur le trottoir d'en face.

Ma mère a trouvé cet appartement grâce à la sœur d'un malade. Nous y sommes bien. Chaque année nous achetons chez un brocanteur des choses pour remplir l'appartement. Dans notre salle à manger il y a un buffet verni avec au-dessus un miroir qui a la forme d'une feuille de lierre ; je m'y regarde souvent. Le buffet a trois portes, mais le menuisier qui l'a fait s'est trompé : une des portes ouvre en sens contraire. Quand nous habitions l'autre maison, c'est par là que je pénétrais dans mon sous-marin de poche. J'ai fait de nombreuses missions, et une fois j'ai coulé deux porte-avions. L'équipage m'a porté en triomphe.

J'ai débarrassé la table et fait la vaisselle. Après avoir fini, j'ai pris un tube de crème à la salle de bains et j'ai rejoint ma mère au salon. Le canapé de velours a deux places et un volant de franges torsadées. On a aussi un fauteuil et une petite table avec des objets qui ne servent à rien. Ma mère préfère le fauteuil.

Elle a enlevé ses mules et j'ai déposé un peu de crème parfumée sur ses pieds. Les siens sont petits et doux : des pieds de courtisane, dit-elle.

Les pieds des gens me dégoûtent, mais pas ceux de ma mère. On a envie de les cajoler, de les protéger. J'aime les masser. J'ai fait glisser mes doigts entre ses orteils ; j'ai appuyé mes pouces sur la plante ; j'ai étiré une à une les articulations et je les ai fait craquer. Ma mère a poussé des cris de plaisir et a juré que se faire chouchouter les pieds était l'une de meilleures choses au monde.

Une fois le massage terminé, nous nous sommes amusés à lire nos horoscopes. Pour ma mère la rubrique *Amour* : « Vous êtes comme la Lune, vous avez vos éclipses. Vous jouez les grandes absentes, et plus on vous cherche moins on vous trouve » ; pour moi, la rubrique *Santé* : « Tout va très bien, mais attention aux chutes. »

Comme j'avais l'intention de remonter sur le toit, cette prédiction m'a rendu nerveux. J'ai profité des bonnes dispositions de ma mère après ce massage pour demander :

— Tu peux m'emmener le voir ?

Elle m'a répondu distraitement en feuilletant le journal et en me caressant la tête.

— Qui ?

Quand ma mère parle de lui, elle l'appelle « Jacob », « notre voisin » ou « le pauvre garçon ».

Moi, je dis « il », ou « l'homme ». J'évite de prononcer son nom.

— L'homme.

Rien n'a bougé durant quelques secondes, puis ma mère m'a tiré les cheveux...

— Qu'est-ce qui te prend ! Tu t'imagines que Jacob est une attraction !

Je m'étais avancé en terrain découvert. J'ai fait immédiatement marche arrière. Hypocritement, j'ai embrassé la main qui m'avait tiré les cheveux, pour que les reproches cessent.

[illegible] avec [illegible] de [illegible] de [illegible] prédiction [illegible] nerveux [illegible] des [illegible] de [illegible] [illegible]

— [illegible]

Elle [illegible] répond [illegible]

— [illegible]

Quand [illegible] elle [illegible]

[illegible]

[illegible] de [illegible]

[illegible] de [illegible] qu'il est [illegible]

[illegible] la [illegible]

[illegible] et la [illegible] pour la déplacer avec précision [illegible] ma chambre pour vérifier [illegible] sa place, et j'ai fait

La magie de Monsieur Faye m'a guéri, mais je ne suis pas plus avancé. J'ignore toujours ce qui se passe dans l'appartement d'à côté. J'ai bien essayé de franchir, mais sans résultat, le barrage de la garde de nuit. Je sais simplement, pour avoir « questionné » ma mère, que l'homme ne peut pas respirer tout seul ; les docteurs ont fait un trou dans sa gorge et ont enfoncé un tuyau. Moby Dick souffle dans le tuyau. D'ailleurs, en vérifiant, j'ai découvert que l'animal n'était peut-être pas une baleine mais un cachalot avec des dents.

Je me suis rendu sur le toit d'en face pour voir de quoi il s'agissait. Les rideaux de la chambre qui m'intéressait étaient fermés. Tant pis. Il y avait plein d'autres choses à voir.

J'avais mis de l'huile dans le mécanisme de mes jumelles et la mollette tournait facilement. Mes gants fourrés me gênaient pour la déplacer avec précision ; l'image se brouillait en permanence. J'ai inspecté ma chambre pour vérifier si tout était à sa place, et j'ai fait la mise au point sur Inuit, mon chien de traîneau en peluche qui surveillait la porte. Ensuite je me suis tourné sur le dos et je me suis mis à regarder le ciel. En haut, les nuages s'étaient absentés pour la nuit. Il faisait si froid que les étoiles se recouvraient de buée. Je les ai admirées un moment. Un jour, j'apprendrai à reconnaître les galaxies. Celle que je préfère, c'est Alpha du Centaure. Le nom me plaît, et je l'ai choisie pour y construire mon palais. De là, j'ai l'intention de régner sur les galaxies et sur les Kwans.

On pouvait voir les galaxies mais personne ne pouvait voir les Kwans. C'était à cause d'eux que notre vraie vie et celle qu'on avait dans les rêves n'étaient jamais les mêmes. Les Kwans nous entraînaient dans les mauvaises directions ; ils changeaient notre destin. On ne luttait pas contre eux puisqu'ils étaient invisibles. Parfois, ils se transformaient en homme ou en animal pour mieux nous tromper. Ils ne pouvaient rien contre moi et contre Arnold.

Quand j'en ai eu fini avec les galaxies j'ai passé en revue l'immeuble.

Le salon des Vania était éclairé. Monsieur Vania et sa fille étaient assis sur un divan. J'aurais dû dire sa belle-fille ; elle avait onze ans quand sa mère a épousé Monsieur Vania.

Monsieur Vania était en pyjama et robe de chambre assortis. Sa belle-fille portait un manteau rouge et un béret à carreaux. Ils regardaient la télévision. J'ai déplacé les jumelles. Madame Vania prenait des poses devant sa coiffeuse et se démaquillait. J'ai bougé la mollette. Dans son miroir, Madame Vania s'est mise à ressembler à une sorcière. Les deux Madame Vania n'étaient pas d'accord et se faisaient des grimaces. Je suis retourné dans le salon. J'ai saisi Monsieur Vania au moment où il prenait la main de sa belle-fille et la posait entre ses jambes.

La ceinture de sa robe de chambre était dénouée. La fille a glissé sa main dans l'ouverture du pyjama. Son avant-bras a bougé de bas en haut. Monsieur Vania a tourné la tête vers le fond de la pièce pour surveiller le couloir. La fille regardait l'écran de la télévision. Son bras s'est mis à remuer plus vite. Je n'ai pas détaché mes yeux des jumelles et les jumelles du pyjama. Mon cœur battait à tout rompre, alors que j'étais engourdi.

Puis la fille a retiré la main et s'est levée. Elle a été dans la salle de bains. Elle s'est lavé les mains et a mis du parfum. Monsieur Vania a refermé sa robe de chambre. La fille est revenue dans le salon et a pris son sac. Madame Vania est arrivée en gesticulant comme une furie, désignant sa montre. Elle s'est tournée vers son mari mais il a haussé les épaules. La fille a fait une grimace à sa mère et elle a quitté l'appartement. Monsieur Vania est allé à son tour dans la salle de bains.

J'ai baissé les jumelles. Mon enthousiasme s'était enfui. J'étais un peu perdu, figé par le froid et par ce que je venais de voir. J'avais encore en tête la mise en garde de ma mère :

« On ne peut pas entrer chez les gens sans invitation. On risque de ne plus être le même après. »

Elle n'avait pas complètement tort. J'avais senti quelque chose me troubler.

Le premier signe de rupture dans nos habitudes s'est manifesté un jour de repassage, dans notre salle à manger. Je revenais de la laverie. Dans ma tête résonnait encore le bruit des femmes qui bourraient les machines de montagnes de linge, qui n'arrêtaient pas de crier après leurs gosses, et qui se disputaient à propos de leurs maris étudiants qui étaient tous des fainéants. Dehors, les maris fumaient des cigarettes en parlant de la politique, et de ce qu'ils allaient faire quand ils retourneraient chez eux et deviendraient des ministres, et ils se disputaient parce que l'un d'eux avait dit qu'il serait président et qu'il les mettrait en prison parce que c'étaient tous des voleurs.

Je rapportais de l'expédition deux gros sacs pleins à craquer ; notre linge de la semaine.

Le bras blanc de ma mère allait et venait au-dessus de la planche. La chaleur faisait ressortir les veines de sa main et de son poignet, et déposait une brume sur son visage. Elle portait une robe à rayures rouges et des mules en cuir. Le fer écrasait une taie d'oreiller en chuintant. J'étais assis sur le tapis. J'avais baissé la radio. Je relisais tout haut et pour la troisième fois mes notes du trimestre ; une méthode que ma mère affectionnait pour qu'entre dans ma tête, comme des coups de marteau, le poids de son mécontentement et de ma paresse.

Elle se plaignait :

— Pourquoi est-ce que tu me fais une chose pareille ! Je n'ai pas besoin de ça maintenant !

Je me suis levé, j'ai brandi le bulletin, et je me suis écrié en me regardant dans le miroir pour admirer mon geste :

— N'en fais pas un drame. J'ai *presque* la moyenne !

Ma mère a envoyé un jet de vapeur sur la taie d'oreiller.

— Le *presque* est en trop, m'a-t-elle répondu tristement.

Elle a pris une chemise dans le panier. Elle l'a mouillée avec un pulvérisateur.

— C'est pas toujours vrai. Il vaut mieux être *presque* mort que mort, ai-je affirmé en me rasseyant.

Ç'a été le silence. Ma mère a évité de me regarder. J'ai poursuivi dans une autre direction pour essayer de la faire sourire ; mais je sentais qu'il y avait autre chose : elle n'avait pas réagi à ma première plaisanterie.

— La fille de Madame Vania fait plus vieille que toi. Tout le monde le dit.

Ma mère a secoué la tête d'un air désolé.

Elle a posé son fer. Elle a plié les manches de la chemise et m'a jeté un coup d'œil.

— A partir de lundi je garde Jacob.

L'annonce s'est faite accompagnée d'un grand soupir.

J'ai eu l'impression qu'un millier de poux me piquaient férocement le crâne. C'était le seul signe apparent de mon changement d'humeur.

J'ai gardé mes mains sur les genoux et j'ai demandé :

— Et ton travail à l'hôpital ?

Ma mère a passé le fer sur le devant de la chemise et sur les pointes du col.

— Jacob, c'est quelques heures par jour.

Les poux se sont calmés un peu.

J'ai dit :

— Quand est-ce que tu vas dormir ?

Elle a posé la chemise sur la pile de linge repassé. Elle est venue s'asseoir sur le tapis en face de moi.

— C'est un travail de six mois. L'assurance paie bien.

J'ai demandé :

— Les dimanches aussi ?

Elle a mis du temps avant de répondre.

— Oui.

Les poux ont redoublé de férocité.

Elle a dit :

— Nous avons besoin de cet argent pour l'avenir.

— Tu dis qu'il faut pas changer nos habitudes, à cause de ma maladie !

J'avais presque crié. Ma mère a serré les lèvres. Elle m'a pris par la main.

— Viens !

Nous sommes allés devant le miroir, celui qui était au-dessus du buffet.

— Montre-moi tes dents, a dit ma mère.

— Je les ai lavées.

— Je sais. Montre-les-moi.

J'ai fait un sourire forcé. Nous avons examiné mes dents. J'en ai profité pour me gratter la tête.

— Tes dents de devant sont beaucoup trop grandes ; elles prennent toute la place. Tes canines sont montées sur la gencive et vont pousser de travers, m'a fait remarquer ma mère.

C'était une bouche de vampire qu'elle me montrait. Je n'y avais jamais pensé. J'ai retroussé mes lèvres pour bien faire ressortir les canines.

— Tu as besoin d'un appareil. J'ai pris rendez-vous.

Je comprends tout à coup que c'est elle qui a fait revenir l'homme dans l'appartement. Ma mère a tout manigancé. Je ne pense plus à ma bouche de vampire ; je me gratte furieusement le crâne.

— Arrête de te gratter ! Tu n'as pas ramassé de poux au moins ?

— Je ne porterai pas d'appareil !

Ma mère me pince la joue.

— Un beau sourire, c'est important. Les filles aiment ça.

Elle commence à m'examiner la tête. Je me suis demandé si l'homme avait un beau sourire. Je n'avais jamais vu son visage ; je ne l'avais jamais vu sourire. Tout ce que je savais, c'était que depuis son accident les meurtres avaient cessé.

J'ai suivi ma mère dans ma chambre une fois la recherche des poux terminée. Elle a allumé l'ordinateur. Elle m'a montré une colonne dans notre budget. En haut de la colonne elle avait inscrit *Mauvais Jours* ; en bas, *Provisions.* Dans la case *Provisions* il y avait un zéro.

— Les mauvais jours ne préviennent pas, m'a-t-elle expliqué. Un matin, ils sont là. Nous n'avons pas d'économies.

Nous nous sommes tus en regardant la case. J'ai pensé : « Si nous remplissons cette case, les mauvais jours ne viendront pas. Ils ne viennent que lorsque la case est vide. »

J'ai dit à ma mère :

— Nous allons remplir la case. Je travaillerai de mon côté.

Elle a cherché ma main. J'ai serré la sienne aussi fort que j'ai pu. Elle m'a pris dans ses bras. J'ai senti sa chaleur. Puis c'est sorti ; ce qu'elle essayait de mettre de côté, mais qui revenait depuis qu'elle avait lu mon bulletin.

— Dis-moi ce qui ne va pas à l'école, a-t-elle demandé d'une voix inquiète.

Je savais à quoi elle faisait allusion. Elle n'osait pas en parler franchement. En bas de mon bulletin, il y avait inscrit : « Zacharie a de plus en plus de mal à se concentrer. » C'était faux ! J'étais le même, et ma mère se faisait du souci pour rien. Pour la rassurer je lui ai donné une explication.

— C'est à cause de la voisine, celle qui s'est tuée. Je n'arrête pas de penser à elle.

Le dentiste qui a placé mon appareil m'a dit : « Il y a trop de dents dans ta bouche ; on en enlèvera quelques-unes plus tard. »

Je l'ai cru mais je ne l'ai pas compris. J'ai compté mes dents, il y en avait moins de trente-deux.

Hier soir, il a neigé. Au matin, dans le parking, les voitures se ressemblaient. Je déblaye les roues avec une raclette métallique fixée à un manche. Chaque voiture dégagée va rapporter un peu d'argent. Je me suis dit : « Notre case n'est plus vide. Les mauvais jours iront ailleurs. »

La couche de neige est épaisse. Je transpire. Je dois faire de l'exercice ; le médecin l'a prescrit. J'ai enlevé mes gants et je les ai mis dans la poche de mon anorak. Au bout du parking, un corbeau surveille les alentours. C'est la première fois que j'en vois un en ville.

La fille de Madame Vania arrive. Ses yeux sont noirs. Ses cheveux, blonds. Elle les teint.

Ma mère soutient qu'elle a dû voir *Les Hommes préfèrent les blondes*.

Elle me regarde travailler.

— T'as pas terminé ? dit-elle.

Elle s'est adossée à la voiture. Elle porte des bottes et des bas de laine qui s'arrêtent au milieu des cuisses. Elle n'a pas de gants. Elle a mis ses mains entre ses cuisses pour les réchauffer. Je regarde sa main ; celle qui est allée dans le pyjama. Elle n'a rien de spécial. Elle ressemble à l'autre. Le vernis de ses ongles est écaillé.

La fille a dit :

— J'ai rendez-vous. Grouille-toi, sinon je dirai à mon père de pas te payer.

A genoux, je termine de libérer la dernière roue. Avec le froid, la neige a durci. Elle forme une croûte. Le corbeau nous observe. Je lui ai fait un clin d'œil.

La fille de Madame Vania demande :

— Ta mère s'occupe du légume ?

J'ai hoché la tête.

Elle a dit :

— J'ai les ai vus ensemble au café avant qu'il se casse la gueule.

Elle a jeté un regard à sa montre puis à l'entrée de l'immeuble.

— Qu'est-ce qui fout ce vieux con ?

Elle s'est tournée vers moi.

— Tu me laisseras le voir ?

J'ai terminé. Je me redresse. J'enlève la neige qui colle à mes genoux. J'envoie une giclée de dégivrant dans la serrure. Je souffle dans mes doigts rougis par le froid. Je demande d'une voix essoufflée :

— Voir qui ?

— Le cul-de-jatte, crétin !

J'ai précisé :

— Un cul-de-jatte, c'est quelqu'un qui n'a plus de jambes. Lui, il marche dans la Vallée de l'Ombre de la Mort.

Elle m'a regardé comme un animal de zoo.

— Ta cervelle est trop grosse pour ton corps.

Monsieur Vania a surgi. Un cache-col masque son cou et son menton. Il me donne un billet et monte dans sa voiture sans dire un mot.

J'ai lancé à la fille :

— Tout l'immeuble sait ce que tu fais avec ton *père*.

J'ai mimé son geste de l'autre nuit. Elle crache dans ma direction et dit à voix basse :

— Sale nain taré ! Occupe-toi du cul de ta mère !

Elle est montée et a claqué la portière. J'ai remis mes gants en riant ; la fille était nulle en crachats. Je me suis approché d'une voiture. C'était celle de Monsieur Kamel ; une étiquette était collée au pare-chocs. Monsieur Kamel ne me parle jamais, alors ma raclette à la main je me suis dirigé vers une autre voiture. Le corbeau s'est envolé. Ça aurait pu être un Kwan.

Nous n'avons plus d'habitudes. Je n'ai pas préparé de bain pour ma mère depuis longtemps ; elle préfère prendre des douches. Le samedi soir ma mère dîne rapidement et part se coucher. Elle s'endort quand je lui masse les pieds. Les échecs ne m'intéressent plus. Le dimanche, je m'ennuie et je traîne devant la télévision au lieu d'aller au restaurant et au cinéma. Je me lave dix fois les mains ; je me regarde dans la glace. J'ai essayé une nouvelle série de grimaces pour déclencher un fou rire : je n'ai réussi qu'à me faire pleurer. Ce dimanche j'étais si malheureux que je suis descendu dans la cave de l'immeuble, dans la pièce qui est à côté de la chaudière. La porte n'a pas de serrure. J'ai éclairé, et j'ai vu qu'ils étaient là. Ils venaient se tenir au chaud pendant l'hiver sans payer de loyer ; c'est pour ça qu'on ne les voyait pas dans les maisons. Ils sortaient l'été, et la nuit ils couraient dans la cuisine quand on allumait la lumière.

J'ai jeté un morceau de chiffon sur le plus

gros qui s'enfuyait. Il avait une belle couleur marron, de longues antennes, et il était aussi grand que mon petit doigt. Ensuite je suis remonté chez moi et je l'ai mis dans une boîte en plastique. Je pouvais l'admirer ; je distinguais bien ses longues ailes brunes et ses pattes dentelées. Il bruissait de colère, mais c'était qu'un cafard et j'ai pas eu peur. Je l'ai fait glisser dans le four à micro-ondes et j'ai fermé la porte. J'ai appuyé sur le bouton qui décongèle, puis j'ai hésité car il y avait le choix entre légumes, viandes, poissons ou poulet. Je savais que ce n'était pas un légume, mais que ça pouvait être une espèce d'ancien poisson à cause de la coquille et des pattes, comme le crabe que m'avait rapporté le concierge. J'ai appuyé sur poissons et j'ai mis la puissance à fond.

Je suis resté à regarder à travers la porte en verre ce qui allait se passer. Je m'attendais à ce qu'il éclate comme un œuf pourri, ou qu'il se mette sur le dos et qu'il gigote jusqu'à ce que son ventre se gonfle et explose. Eh bien, il s'est rien passé. Le cafard n'arrêtait pas de courir d'un bout à l'autre du four, mais apparemment il se fichait des micro-ondes. J'avais fait une très importante découverte que je décidai de garder pour moi. Comme le cafard n'avait pas l'air malheureux, je l'ai retiré du four et je l'ai mis dans l'évier, puis j'ai ouvert l'eau chaude et il s'est noyé dans la mer brûlante, comme au temps où les îles sortaient et tuaient tous les poissons aux alentours.

Ça m'a un peu calmé parce que j'étais à présent certain que le cafard était plus malheureux que moi.

J'ai pensé à aller sur le balcon pour cracher, mais il faisait trop froid et d'ailleurs les rues étaient vides. Ç'a été un de mes meilleurs dimanches.

Ma mère et moi nous ne sommes plus ensemble que dans les petits déjeuners. S'il y avait des mouches, on les entendrait voler.

Elle passe ses journées auprès de l'homme. En la regardant, le cœur amer, je constate : « Ce matin, j'ai fait exprès de ne pas manger mes tartines. Elle n'a rien remarqué. Elle est trop fatiguée pour faire attention à moi. Elle s'est mise à boire du café. Ses yeux sont cernés ; elle a deux plis au coin des lèvres. Elle prend des pilules pour ne pas s'endormir. Elle va tomber malade ; elle sera du mauvais côté de l'hôpital, et personne ne me dira plus : Ta mère est jolie. »

La veille je n'ai pas dormi. Je suis resté les yeux ouverts dans le noir, à réfléchir à un plan, et à penser au malheur qui pourrait frapper à notre porte.

Les dents serrées pour ne pas céder à l'envie de pleurer, j'ai mis le plan en route. Je me suis levé brusquement et je suis allé dans la salle de bains. Avec des ciseaux j'ai arraché l'appareil qui redressait mes dents. Mes gencives ont commencé à saigner. Je me suis rincé la bouche jusqu'à ce que l'eau que je recrachais soit claire. J'ai pris une minute supplémentaire pour mettre de l'ordre dans ma tête, et pour étudier mon visage dans le miroir du lavabo. J'ai trouvé la bonne expression et retrouvé courage.

Je suis retourné à la cuisine et j'ai jeté l'appareil des dents sur la table.

— Je n'aime pas sourire !

Ma mère m'a dévisagé. Son regard s'est accroché au mien, s'est balancé. Un tas de choses sont passées dans ses yeux. Ça a viré à la colère. Elle a repoussé sa chaise sans dire un mot et a fait un pas dans ma direction.

J'ai continué :

— Mon père m'a abandonné. Tu fais pareil. Le *légume* compte plus que moi.

La gifle est arrivée. Je l'ai encaissée sans baisser les yeux. J'ai reculé pour ne pas en prendre une autre.

Des larmes coulent sur les joues de ma mère. Elle regrette son geste. Moi aussi, mais je reste fort. Pour nous deux. Elle cherche à me prendre dans ses bras. Je me dégage.

— Je te déteste.

J'ai ramassé mon cartable et je suis sorti en courant.

La première partie du plan a marché. La deuxième est plus périlleuse, mais je suis allé trop loin pour ne pas poursuivre jusqu'au bout.

A midi, à la cantine, je n'ai pas touché à mon assiette. Des taches lumineuses montent et descendent devant mes yeux quand je cligne les paupières. Je me prépare une crise d'hypoglycémie.

En attendant la fin de la récréation, je vais m'appuyer à un arbre. Aucun élève n'est venu me déranger ; je suis solitaire et je ne m'intéresse à personne ; quant à la curiosité pour ma maladie, elle n'a pas duré longtemps car je n'aime pas répondre aux questions.

Un vent glacial tourbillonne dans la cour et sous le préau. La lumière du jour est grise. Des grands boutonneux fument dans un coin en se passant un Walkman ; des plus petits tapent dans un ballon en hurlant le nom des joueurs de football qu'on voit à la télévision.

Je serre les poings dans les poches de mon pantalon. J'essaye de me convaincre que je ne vais pas mourir. Ils savent à l'école que je suis diabétique. La fatigue d'une nuit sans sommeil pousse à fond mon anxiété. Je me remonte le moral en pensant à la scène de ce matin avec ma mère ; je n'ai même pas eu à répéter. Au cinéma, j'aurais gagné un Oscar. Le cœur lourd de regrets devant ce talent inavouable, je n'ajoute pas le métier d'acteur à ma liste de la semaine.

Cinq minutes avant la cloche, j'ai traversé la cour et je me suis enfermé dans les toilettes. Le gris et le noir se mélangeaient. Les cabinets n'avaient plus de couvercle. Les carreaux sur les murs faisaient penser à un abattoir pour enfants. J'ai dégrafé ma ceinture et j'ai baissé mon pantalon. Mes cuisses étaient marbrées de froid ; ma mère soutenait que c'était un signe de bonne circulation. J'ai pris dans mon cartable deux doses d'insuline. J'ai enlevé les capuchons de plastique des aiguilles.

J'essaye de chasser l'image de ma mère, mais j'ai son visage devant les yeux. En ce moment, elle est auprès de l'homme, les jambes gonflées à force de se tenir debout ; je la vois se redresser, se tenir les reins à force de se pencher sur lui. Pour ma mère c'est l'heure la plus difficile, parce que le sommeil s'abat sur elle comme une tornade ; elle prend des comprimés pour ne pas se laisser emporter.

La sonnerie de la cloche a éclaté dans mes oreilles. Tremblant, je me suis injecté les deux doses ; une dans chaque cuisse. J'ai essuyé une goutte de sang avec mon doigt mouillé de salive. J'ai enveloppé les seringues dans du papier hygiénique — j'en ai toujours dans mon cartable — et j'ai lâché le tout dans les toilettes en tirant la chasse.

La situation est devenue sérieuse une fois installé à ma place. Je n'ai pas compris un mot de ce que racontait le professeur. Les taches lumineuses se sont mises à tournoyer dangereusement. J'ai senti que ça venait. Pour lutter contre la panique, je me suis vu à bord d'un vaisseau spatial. J'allumais le super-réacteur. La pression m'écrasait. Je pesais une tonne. J'allais m'évanouir mais c'était sans danger : tous les pilotes s'évanouissent dans l'hyperespace. J'ai vite atteint la vitesse de la lumière. Les taches ont disparu dans le noir à reculons. Moi aussi.

J'ai ouvert les yeux sans le savoir. Au-dessus de moi, les contours de quelque chose se sont précisés. J'ai identifié la verrue de l'infirmière de l'école. Derrière elle, vêtu de noir, le directeur n'avait pas l'air content. Il explorait avec sérieux le contenu de son nez.

L'infirmière a poussé un soupir de soulagement et a dit :

— Ne nous inquiétons plus. C'est une crise d'hypoglycémie. Nous lui avons fait une piqûre de glucagon.

Elle m'a piqué l'index pour prélever une goutte de sang. De sa voix rêche le directeur m'a demandé :

— Ça t'arrive souvent ?

On aurait dit qu'il me reprochait quelque chose. J'avais envie de sourire, parce que ce que j'avais réussi, c'était très fort et très astucieux. Je lui ai répondu d'une voix perdue :

— C'est pas ma faute.

L'infirmière est revenue avec les résultats du test.

— Tout est normal.

Je me suis assis au bord du lit, la bouche pâteuse. J'avais soif. L'infirmière m'a donné à boire.

— Ta mère arrive, a dit le directeur.

De retour à la maison nous avons passé le reste de l'après-midi, ma mère et moi, à nous faire des câlins et à nous demander pardon. Nous avons pleuré ; ma mère beaucoup, moi un peu ; juste ce qu'il faut. J'ai affirmé qu'au prochain trimestre j'aurais largement la moyenne parce que maintenant j'avais oublié la femme ; j'ai juré aussi de ne pas oublier de manger, même si on se disputait. Je suis resté muet sur les deux ampoules d'insuline.

Ma mère m'a expliqué que nos moyens diminuaient. Nous ne nous en sortions plus avec son seul salaire ; c'est pour ça qu'elle était obligée de s'occuper de Jacob. Elle était à bout ; mais avec le temps, les choses prendraient leur place. Tout est une question d'entraînement, disait-elle.

Je ne suis pas de son avis. La catastrophe nous guette. Ma mère n'a rien d'une force de la nature ; trois ou quatre heures de sommeil par jour, c'est trop peu pour le métier qu'elle fait. Je ne veux pas la voir tomber malade. Je songe à ce que nous risquons de devenir si cela se produit. Nous dépendons l'un de l'autre. Mourir à la guerre ou au travail, c'est pareil.

Epuisé d'émotions, je suis allé au lit après un chocolat chaud et des tartines de faux beurre dont la publicité dit que c'est comme du vrai. Le sommeil m'a attaqué par vagues successives, puis la marée est arrivée et je me suis endormi.

Le lendemain matin, un samedi, je me suis senti en forme. La maison était silencieuse ; ma mère était déjà chez le voisin. Je me suis lavé les dents ; avec une brosse mouillée j'ai aplati mes cheveux, que j'ai séparés ensuite d'une raie bien droite. Je me suis aspergé d'eau de Cologne. En robe de chambre, je me suis admiré dans le miroir avant d'aller frapper à l'appartement d'à côté.

Ma mère est venue ouvrir. J'ai vu de la surprise dans ses yeux. Elle s'est empressée de me sourire.

Comme si tout ça était normal, j'ai annoncé :

— Je viens dire bonjour, maman.

Ma mère a hésité. Son nez s'est pincé.

J'ai insisté :

— S'il te plaît ! Cinq minutes.

Dans un effort elle a protesté :

— Ce n'est pas la place d'un enfant, Zacharie.

Je l'ai regardée, et j'ai répliqué sans pitié :

— Tu m'as bien emmené le voir à l'hôpital.

Elle ne pouvait plus reculer. Résignée, elle m'a laissé entrer.

— Bon, mais pas plus de cinq minutes, a-t-elle murmuré.

J'étais dans la place. La pénombre me donnait l'impression d'être au cinéma. Il m'a fallu quelques secondes pour m'adapter. L'aide-soignant du matin était là. La garde de nuit partait quand il arrivait.

L'homme était recouvert d'un drap. Une vilaine barbe piquait ses joues blafardes. Il portait une paire de lunettes noires. Il bavait. L'aide-soignant lui essuyait le menton avec une serviette en papier.

Ma mère a expliqué :

— C'est du jus de fruit, Jacob réapprend à s'alimenter.

J'ai cherché Moby Dick. La machine était à gauche du lit, clignotant comme un jeu vidéo. J'ai vu les tuyaux qui en sortaient ; j'ai repéré celui qui s'enfonçait dans la gorge. La machine n'était pas grosse, je ne l'imaginais pas comme ça. Elle ne m'impressionnait plus. Elle soufflait, mais sans réveiller la moindre frayeur. J'en ai profité pour remercier silencieusement Monsieur Faye. Je l'avais déjà remercié d'ailleurs en astiquant les chromes de son vélo avec la poudre qu'on utilisait pour faire briller nos petites cuillères ; le vélo avait rajeuni, et Monsieur Faye m'avait serré la main. Il n'avait pas dit un mot, mais ce qu'il pensait était dans ses yeux et son sourire.

De part et d'autre du lit il y a d'autres machines et d'autres tuyaux et plein d'écrans lumineux.

L'aide-soignant vient de retirer le drap. Je me suis forcé à regarder. L'homme est nu. Il a le ventre gonflé comme une baudruche. Par endroits sa peau est fine, prête à s'ouvrir ; ailleurs, elle s'étale en plis comme des écailles. Les cuisses et les épaules sont maigres. Sa bite est toute molle et ratatinée, mais elle paraît grosse. Des attelles enferment ses bras et ses jambes.

Ma mère a suivi mon regard.

— C'est pour les ligaments, dit-elle. Sinon Jacob ne pourrait plus se tenir debout ou remarcher… un jour.

Elle a fait le tour du lit pour être en face de l'homme. Elle a eu un geste du menton dans ma direction.

— Jacob, je te présente mon fils Zacharie.

Je tords mes lèvres dans une grimace.

— Nous n'avons pas pu vous garder le gâteau.

C'est tout ce que j'ai trouvé à dire. J'ignore si l'homme me voit derrière ses verres fumés ; si même il entend quelque chose. Un tube en plastique sort de sa cheville droite et monte jusqu'à une poche de liquide transparent ; un autre part de son bas-ventre, et descend vers une autre poche remplie d'un liquide foncé.

Ma mère regarde l'heure et dit à l'aide-soignant :

— Nous allons l'étirer. Le masseur ne va pas tarder.

L'aide-soignant enlève les attelles. L'homme est pris de convulsions. Ses jambes et ses bras tressautent. On dirait un chat écrasé qui gigote dans le caniveau.

Je me suis écarté du lit.

— Ce sont des spasmes, dit ma mère. Ses muscles sont encore forts.

L'aide-soignant lui a empoigné les jambes ; ma mère, les bras.

Alors, j'ai fait une chose bizarre. Sans hésiter je me suis approché de l'homme, j'ai pris un linge propre sur la table et je lui ai essuyé le front.

[illegible]
[illegible] pas [illegible]
une [illegible]
Ma [illegible]
[illegible]

[illegible]

[illegible]

[illegible]

[illegible] blouse [illegible]
[illegible] trop grand. Ma mère [illegible] l'air d'un médecin [illegible] que les vaccins [illegible]
Tout compte [illegible]

On peut dire qu'à partir de ce moment, Jacob a été notre affaire à tous les deux, ma mère et moi.

Chaque après-midi, après l'école et les commissions, je la rejoins dans l'appartement voisin. Je l'aide pour des choses simples. Elle m'apprend à remplacer la poche d'urine et la perfusion, mais je me sens capable de trouver les veines pour enfoncer les aiguilles. Ma mère refuse de me laisser faire, mais j'ai le droit de changer les pansements. Elle dit que je suis plus doué que les infirmiers stagiaires de l'hôpital.

J'ai réclamé une blouse blanche à ma taille pour jouer au docteur ; officiellement c'était pour ne pas tacher mes habits. Ma mère a découpé une vieille blouse et l'a ajustée sur moi. Je mets des gants en caoutchouc qui sont trop grands. Ma mère dit en souriant que j'ai l'air d'un médecin fameux. C'est comme ça que les vocations naissent, m'explique-t-elle. Tout compte fait je crois qu'elle rêve que je sois docteur dans son hôpital pour faire la fière avec ses collègues.

Aujourd'hui, nous devons nettoyer le trou que l'homme a dans la gorge et changer le tube. L'homme n'a pas ses lunettes noires. Ses yeux sont fermés. Ma mère vient de retirer le tube. L'homme est privé d'air. J'ai commencé à compter les secondes dans ma tête. Ma mère enlève avec des pinces les morceaux de chair qui ont cicatrisé dans l'ouverture. Je surveille les paupières de l'homme, mais je regarde aussi le trou. Après quarante-cinq secondes, les paupières se soulèvent. Les yeux sont exorbités. Je cherche le regard de l'homme : il n'a pas l'air d'en avoir un. Au même instant ma mère enfonce le tube neuf dans le trou. La machine souffle. Les lèvres de l'homme perdent leur couleur bleue et les paupières retombent.

Le vrai nom de Moby Dick, c'est le « Respirateur ». Il peut fonctionner sans électricité grâce à une batterie de secours. Sur le côté il y a un bouton. Si on appuie sur ce bouton la machine s'arrête. Ceux qui veulent sortir de la Vallée de l'Ombre de la Mort disent : « débrancher ».

C'est nous qui nous occupons aussi des intestins de l'homme. On l'allonge sur le côté chaque jour à la même heure, et ma mère pousse avec ses poings sur son estomac pour faire avancer les selles jusqu'à ce qu'elles sortent sur un morceau de toile cirée que j'ai placé sous lui. Au début ça me faisait rire, à cause de l'odeur et des bruits ; après je me suis senti malade et j'aurais bien voulu partir, mais je pensais tout le temps à ma mère et maintenant je m'y suis habitué.

J'ai bien travaillé depuis deux semaines, et ma mère prend de plus en plus confiance en moi. Nous avons décidé qu'elle pouvait me laisser seul avec l'homme, le temps pour elle de se reposer un peu.

C'est un début. Je dois poursuivre le plan jusqu'à ce que nous ayons retrouvé nos habitudes ; rien de mal ne pourra alors nous arriver.

Je suis fier. Les yeux me piquent de joie. Grâce à moi, ma mère a quelques heures de sommeil en plus.

Je veille sur elle. Elle doit se sentir heureuse et protégée.

La période qui a suivi a été pour moi la plus facile et la plus difficile. Je peux dire que j'avais très bien remplacé ma mère ; elle s'absentait un peu plus chaque jour ; cependant, quand j'étais seul avec l'homme, j'avais la sensation que la pièce se refermait sur nous, et qu'il cherchait à me faire faire un pas en avant. C'était une chose qui s'enroulait dans ma tête.

J'ai posé le livre que j'ai emprunté à la bibliothèque et j'ai enlevé les lunettes noires de l'homme. Ses yeux sont fermés. C'est la troisième fois que je fais ça cet après-midi et que j'obtiens le même résultat.

On en a vite assez de le regarder faire sa comédie de la Belle au bois dormant. Je suis décidé à en avoir le cœur net. J'ai envie de le pincer, mais sa peau marque tout de suite, et ma mère me poserait des questions sur les bleus.

Je préfère lui crier :

— Je vous ai vu sur le toit !

Ses paupières sont restées closes. J'ai relevé l'une d'elles avec mon doigt. Le blanc était strié de rouge comme un mauvais œuf. Je l'ai relâchée. Je me suis penché et j'ai chuchoté :

— Dieu vous a puni.

Il n'a pas réagi. Peut-être n'a-t-il plus vraiment de regard, à cause de la magie de Monsieur Faye. J'ai envie de demander à notre concierge si c'est un effet secondaire, comme disent les notices des médicaments ; mais je ne peux pas tout le temps faire appel aux autres. Je me débrouillerai seul.

J'ai entendu la porte de l'appartement s'ouvrir. Je lui ai remis ses lunettes. J'ai repris mon livre et ma mère est entrée.

— Tout va bien ?

J'ai posé mon livre.

— Ne t'inquiète pas. S'il y a quelque chose je t'appelle.

Elle m'a embrassé sur le front et a demandé :

— Qu'est-ce que tu lis ?

Je lui ai montré la couverture. Elle a souri

— C'est pour ça que tu faisais la baleine, m'a-t-elle dit.

Elle est ressortie sur la pointe des pieds. J'ai terminé ma lecture de *Moby Dick*. C'était une édition pour les jeunes, avec de belles illustrations. J'ai compris ce que l'auteur n'avait jamais raconté : la baleine n'était rien d'autre qu'un Kwan. Pour moi, c'était évident : le capitaine avait suivi la mauvaise route, celle du Kwan, et il en était mort.

Ma mère et moi nous avons pris l'autobus et nous sommes allés chez le docteur pour la visite médicale. Le docteur a des lunettes en acier qui vont bien avec sa voix. Il nous accueille avec un sourire forcé en nous désignant la salle d'attente surchargée. Il a l'air mécontent de voir que tous ces gens lui font confiance. Son infirmière a un gros ventre, mais elle n'est pas enceinte, autrement il y a longtemps qu'elle aurait accouché. Elle nous fait passer avant les autres.

Dans son cabinet, le docteur m'a pesé et mesuré, et j'ai essayé de me grandir. Ça m'a fait mal au cou. Le docteur a noté les informations sur une fiche et a dit à ma mère :

— Le poids est dans la bonne fourchette. Pour la taille, votre enfant est en dessous de la normale.

Il nous avait dit la même chose le mois précédent. Ma mère fouille dans les souvenirs de sa famille, et le docteur se frotte les mains avec de l'alcool. Elle apprend au docteur qu'un parent à elle est resté coincé jusqu'à l'âge de seize ans.

— Intéressant, dit le docteur avec un geste vague. Attendons.

Je pense qu'il n'y a pas d'inquiétude à se faire. Pas trop pour l'instant.

C'est vrai qu'à cause de ça nous faisons des économies. Mes chaussures sont de l'année passée ; nous n'en avons pas acheté de neuves à la rentrée. Dans les vieilles, mon gros orteil ne touche pas le bout. Mes pantalons ont des pièces en similicuir aux genoux comme ceux des chasseurs. Aujourd'hui, je porte un pantalon bleu foncé en laine, sans pièces, avec une culotte et un tricot de peau propres. J'ai une chemise en flanelle usée aux poignets, mais ça ne se voit pas sous mes deux pull-overs tricotés par une malade de l'hôpital, et qu'on a eus pour le prix d'un. J'ai mis des souliers qu'on fait dans une matière qui ressemble au cuir, parce que avec mes chaussures de sport mes pieds ne sentent pas bon. Mes chaussettes sont bleu et blanc, avec un écureuil rouge qui doit tomber, dit ma mère, sur la cheville, là où il y a l'os.

Le sujet de la conversation finit par tomber, lui, sur ma crise d'hypoglycémie. Le docteur est au courant car ma mère lui a téléphoné le jour où je me suis évanoui. Je confirme à tout le monde :

— J'ai oublié de manger.

Je promets au docteur de ne plus recommencer. Ma mère dit que c'est sa faute ; elle dit aussi en me tirant l'oreille qu'on ne doit jamais trahir une promesse. Le docteur propose de placer sur mon ventre une pompe à insuline et se refrotte les mains à l'alcool. Il doit avoir une maladie de peau.

— Ce sera plus confortable, nous promet-il. Votre enfant change la pompe tous les deux jours au lieu des deux piqûres par jour. C'est à lui de décider.

Ma mère se tourne vers moi.

— Tu es d'accord ?

Je n'ai aucune raison d'accepter ce qui me paraît être une punition.

Je dis :

— J'ai l'habitude des piqûres.

Nous montons à l'étage supérieur pour qu'on examine mes yeux. Beaucoup de diabétiques deviennent aveugles. Assis dans un fauteuil, j'ai lu à haute voix des lettres de plus en plus petites. Ma mère attendait dans la salle à côté. Le spécialiste m'a mis une goutte de liquide dans chaque œil. La pupille se dilate. Il observe ce qui se passe à l'intérieur. Il surveille la rétine à travers des tubes lumineux. Il veut savoir si les vaisseaux sanguins sont normaux. J'en ai profité pour lui demander :

— Peut-on être paralysé des yeux ?

Le spécialiste a remarqué :

— Ce n'est pas ton cas.

J'ai ajouté :

— Et si on a le cou brisé ?

Il a éteint les tubes lumineux. Avant d'éclairer la pièce, il a dit :

— Tout va bien.

Je suis descendu du fauteuil. Je voyais trouble à cause des gouttes. Le spécialiste m'a tendu une compresse et je me suis essuyé les yeux. J'ai répété ma question.

— Non. Les nerfs des yeux vont directement au cerveau, a-t-il affirmé en ouvrant la porte.

Ce matin, sur le couvercle d'une poubelle, j'ai trouvé un échiquier de poche en carton, un de ceux où on enfonce les pièces dans des trous. Je me suis demandé ce que j'allais en faire, le jeu n'était pas complet : il manquait un pion et une tour. Puis j'ai compris que le temps passerait plus vite avec lui, et que je m'ennuierais moins pendant mes tours de garde. J'ai remplacé le pion et la tour par deux bouts d'allumettes de couleur différente.

Il est cinq heures de l'après-midi, le ciel s'est assombri et la nuit collante de givre est descendue sur les fenêtres. J'ai allumé la lampe de chevet.

Je suis resté longtemps à essayer de trouver la solution d'un problème d'échecs. La légende dit : « Les blancs jouent et font mat en deux coups. »

Je ne cherche plus la solution. J'ai du mal à me concentrer. J'ai senti mes yeux se fatiguer à regarder l'échiquier. J'ai jeté un coup d'œil à l'homme. J'avais enlevé ses lunettes noires. Il fait toujours semblant de dormir, et j'ai pensé que je devais trouver une ruse pour surprendre son regard.

On a frappé à la porte. Ma mère a les clés. J'ai décroché le téléphone et je l'ai appelée. A la cinquième sonnerie j'ai raccroché. Elle doit dormir.

J'ai replacé les lunettes sur les yeux de l'homme et je suis allé ouvrir.

Je m'attendais à voir la fille de Madame Vania, ou Monsieur Faye, le concierge. Ma mère dit qu'il n'est pas vraiment concierge ; il loge là, en échange de travaux que le gérant lui fait faire dans la chaufferie et les escaliers.

C'est un inconnu qui se tient sur le palier. Il est vêtu d'un imperméable vert dont les manches sont tachées. Ses cheveux sont longs et sales. Il dit avec un tic nerveux qui lui tord les lèvres :

— Je viens pour Jacob.

J'ai répondu :

— Il ne reçoit pas de visites.

Il a sorti une plaque de sa poche.

— Police !

J'ai eu un petit tremblement. Le policier a posé une main sur ma poitrine, il m'a écarté, puis il est entré tout droit dans l'appartement. Je l'ai suivi, en laissant la porte d'entrée ouverte.

Il s'est tourné vers moi et m'a dévisagé. J'ai deviné que ma présence l'ennuyait.

— Tu es un parent de Jacob ?

— Non, un voisin.

Il a pénétré dans la chambre. J'ai demandé :

— Qu'est-ce qu'il a fait ?

Le policier n'a pas répondu. Il a remarqué l'échiquier posé sur le lit.

Il m'a regardé en coin comme font les perroquets.

— Tu joues avec qui ?

J'ai désigné l'homme. Le policier s'est approché de moi et m'a pincé le menton. Ça se voyait qu'il pouvait pas me sentir.

— Ne joue pas au malin. Où est l'infirmière ?

— Elle est allée acheter du jus de fruit.

Il a pris une carte de visite dans sa poche.

— Dis-lui d'appeler ce numéro s'il y a du nouveau.

J'ai posé la carte sur une chaise.

— Je ferai la commission.

Il s'est avancé vers le bord du lit et a retiré les lunettes noires de l'homme.

— Putain ! Ses yeux ! a-t-il juré.

Après un silence, j'ai dit :

— Ils sont paralysés. C'est l'accident.

Il a remis les lunettes en place, puis il est allé vers l'encoignure de la fenêtre et il a écarté le rideau.

Il a encore juré :

— Saloperie de ville !

Le perroquet est reparti sans rien ajouter. J'ai refermé la porte derrière lui. Je suis allé à mon tour à la fenêtre. J'ai écarté le rideau. J'ai vu les lumières de l'immeuble d'en face, et le grand trou noir du terrain vague où les enfants jouent au ballon. Il n'y avait rien de changé.

Mon tour de garde fini, je suis rentré chez moi. Je me suis appuyé au mur du couloir. Ma mère s'habillait dans sa chambre.

Elle est restée un moment sans parler, puis elle a demandé tout fort :

— Pourquoi tu ne m'as pas réveillée ?

C'était pas vraiment un reproche. Je l'avais laissée dormir quatre heures. J'ai dit :

— C'était pas nécessaire.

Elle a sorti la tête. Elle avait les cheveux dans les yeux et elle souriait.

— Je me sens mieux. La garde de nuit est là ?

— Oui.

— Et Jacob ?

— Il va bien.

Elle m'a rejoint dans le couloir. Je lui ai annoncé, en lui tendant la carte du flic-perroquet :

— Un policier est venu tout à l'heure.

Elle a saisi la carte et a lu à haute voix : « Inspecteur Costanzo. »

— Je le connais. Il est déjà passé.

Ma mère ne m'en avait jamais parlé.

— Qu'est-ce qu'il voulait, l'inspecteur Costanzo ?

J'avais pris le ton de celui qui pose une question, en feignant de ne pas m'intéresser à la réponse. Elle a répondu en haussant les épaules :

— C'est un ami de Jacob.

C'était bien le seul. Personne ne venait

sonner au septième étage pour prendre des nouvelles de l'homme, lui apporter des fleurs ou des journaux. J'ai trouvé bizarre que Costanzo soit ami avec quelqu'un qui montait sur les toits pour espionner les gens.

Nous sommes allés dans la cuisine et nous avons choisi mon menu pour le dîner : une tranche de jambon et des légumes bouillis.

Plus tard ma mère a boutonné son manteau, puis elle a ajusté son béret devant la glace, et j'ai remarqué qu'elle avait meilleure mine. J'avais caché les pilules qui l'empêchaient de s'endormir et elle ne me les avait pas réclamées. Elle allait mieux. Je me sentais moins malheureux, ce qui était bon signe pour les cafards qui se chauffaient dans la cave.

J'ai dit :

— Le malade a un secret.

Elle a rentré sous son béret les boucles de cheveux qui dépassaient. Elle faisait toujours ça ; pour dégager son front et mettre en valeur son nez.

— Zacharie ! Qu'est-ce que tu vas chercher !

Je n'ai rien dit des balades de l'homme sur le toit, avant qu'il n'ait son accident. Je ne tenais pas à avouer que je sortais le soir et que je lui mentais.

— Je ne crois pas que ce Costanzo soit son copain. Si la police est venue, c'est qu'il cache quelque chose.

Elle a dit en cherchant dans son sac :

— Tu regardes trop la télévision.

Elle a passé sur ses lèvres un tube qui a laissé une trace brillante.

J'ai hésité un peu avant de dire :

— Il n'a pas de regard.

J'ai vu les yeux de ma mère chercher les miens dans le miroir.

— De quoi parles-tu ?

— Je lui ai enlevé ses lunettes. Il n'ouvre pas les yeux.

Elle a paru soulagée. Elle m'a embrassé sur la joue.

— Ferme bien le gaz, a-t-elle dit.

J'ai demandé :

— Pourquoi il n'ouvre pas les yeux ?

— Il prend des calmants.

C'est la réponse qu'elle m'a donnée. Je l'ai vue monter dans l'ascenseur, et j'ai essuyé ma joue là où elle m'avait embrassé. Mes doigts avaient une odeur de biscuit à la noix de coco.

L'hiver a refusé de s'en aller. Sur la fenêtre de la cuisine le thermomètre a baissé. Dans les pots de fleurs, la terre a eu des gerçures et le basilic s'est fané. Il en avait marre, et moi aussi. J'allais passer à l'action.

J'ai terminé mon goûter. J'ai regardé la pendule. C'est l'heure de remplacer ma mère.

Au bout d'un moment, j'ai abandonné mon poste. Je suis retourné chez nous. Le couloir était désert. J'ai ouvert notre porte et je me suis faufilé. J'ai glissé un regard dans la chambre de ma mère. Elle dormait.

Alors, je suis retourné au chevet de l'homme, je me suis approché du lit, j'ai enlevé ses lunettes noires et j'ai braqué la lampe de chevet sur son visage. Ses paupières ont tremblé.

J'ai attendu, mais il n'avait pas l'air de se décider à ouvrir les yeux.

Je lui ai donné un ordre :

— Ouvrez vos yeux !

Les paupières ont continué à tressaillir. Je l'ai mis en garde. Il a fait la sourde oreille.

Il ne m'a pas donné le choix. J'ai sorti de ma poche un flacon plein d'eau et un compte-gouttes ; c'est la visite chez le spécialiste des yeux qui m'a donné cette idée. J'ai rempli le compte-gouttes. J'ai maintenu l'extrémité du tube de verre à quelques centimètres de son œil droit. J'ai dit :

— Tant pis ! Vous l'avez cherché !

J'ai appuyé sur le bout en caoutchouc. Une goutte s'est formée, puis s'est détachée. Je l'ai vue tomber.

Floc !

J'ai continué. Une à une, les gouttes se sont écrasées sur sa paupière.

Le compte-gouttes est vide. Je le remplis. Je change d'œil.

L'homme cligne des paupières. Il essaie de chasser l'eau. On dirait qu'il pleure sans bruit. Je m'obstine.

J'ai résisté à l'envie d'écraser trop vite le bout en caoutchouc.

Une goutte après l'autre.

Floc ! Floc ! Floc !

Je remplis le dernier compte-gouttes. Je me penche.

Ses yeux sont ouverts.

J'ai sursauté et j'ai pressé d'un coup. Une giclée d'eau a jailli du tube de verre. Par réflexe il a fermé les yeux. Puis il les a rouverts et nous nous sommes regardés.

Je me suis aperçu qu'il m'observait. Son

attention n'était pas à des kilomètres de la pièce ; elle était bien là, sur moi. J'ai remarqué que ses yeux avaient un reflet de plante verte. Je n'y ai rien lu du tout. Je me doutais qu'il avait l'habitude du secret. J'ai pensé : « Il fait la même chose que moi. Il essaie de deviner mon secret. » Les handicapés ont des pouvoirs spéciaux. Je le sais. Un aveugle entend mieux qu'une personne normale ; un paralysé peut lire dans les yeux d'un enfant.

J'ai mis ses lunettes noires. Elles étaient trop grandes. Je les ai maintenues en place avec une main. De l'autre j'ai essuyé son visage avec une serviette et je me suis assis au bord du lit.

— Au téléphone vous avez dit : Je commence la nuit prochaine. Commencer quoi ?

Il n'a eu aucune réaction. Il était peut-être sourd après tout. J'ai eu une idée. J'avais vu quelqu'un le faire dans un film.

— Pour oui, vous clignez une fois des paupières ; pour non, deux fois. Vous avez compris ?

Il a cligné une fois. C'est comme ça que j'ai réalisé qu'il n'était pas sourd. J'ai demandé :

— C'était vous sur le toit ?

J'ai eu un clignement pour réponse.

— C'est ma mère que vous espionnez ?

Cette fois, j'ai eu droit à deux clignements.

J'étais sûr qu'il me cachait la vérité.

— Vous mentez !

Deux clignements. Il s'est obstiné. Je me suis énervé. C'était un simulateur ; il n'arrêtait pas de faire semblant.

— C'est dans vos yeux. Vous êtes un menteur !

Deux clignements. J'étais capable de deviner ce qu'il essayait de cacher, mais lui, à cause des lunettes noires que je portais, il ne pouvait rien voir. J'ai approché mon visage du sien. Les lunettes ont glissé sur mon nez. Son regard a cherché le mien. J'ai vite remonté les lunettes.

J'ai demandé :

— Qui surveillez-vous ?

Il a continué à me dévisager avec sa lueur de plante verte, qui devenait plus foncée comme si l'automne arrivait dans ses yeux. J'ai mis du temps à me souvenir qu'il ne pouvait répondre que par oui ou non.

Ma mère et moi jouions à un jeu. Nous nous posions des questions. Le premier qui répondait par un oui ou un non avait perdu. Avec l'homme c'était le même jeu, mais à l'envers.

Les questions étaient difficiles à trouver. J'ai réfléchi, puis j'en ai trouvé une bonne. En fait, elle avait toujours été dans ma tête. J'étais content qu'elle soit sortie au bon moment.

J'étais tendu. J'entendais mon sang qui bourdonnait dans mes oreilles. J'ai serré très fort sa main ; elle était molle et froide. Je lui ai dit :

— C'est vous l'assassin ?

J'ai décidé de m'équiper pour mes interrogatoires. J'ai acheté une paire de lunettes de soleil en plastique dans une épicerie. La vendeuse a dit :

— Tu es optimiste.

J'ai contemplé mon image dans le miroir. Les lunettes étaient à ma taille. J'ai dit :

— Les vedettes de cinéma en portent la nuit.

Je suis sorti dans la rue. Les nuages étaient plus noirs. Les bus laissaient des traînées de vers luisants. Les visages plaqués aux vitres n'avaient pas d'expression. Sur les trottoirs, les gens marchaient en regardant leurs souliers.

J'ai pris le chemin de la maison en admirant mon reflet dans les vitrines des magasins et en donnant à ma démarche un air décidé. J'étais devenu enquêteur. Je suis arrivé près du marchand de journaux.

Il est assis sur une caisse en bois devant une autre caisse en bois. Il promène une saucisse dans de la moutarde. Il fait plusieurs va-et-vient.

Il a dit :

— Quoi de neuf, Zach ?

Il a levé la saucisse à hauteur de sa bouche, l'a regardée, et en a gobé la moitié. La seconde d'après, il a fait disparaître le reste. Il a léché la moutarde sur ses doigts, puis il s'est pincé les narines. Il s'est essuyé les lèvres et le menton avec un bout de papier. Il a pris une autre saucisse et a fait des dessins dans ce qui restait de moutarde.

J'ai feuilleté le journal. On ne disait plus rien depuis longtemps sur les trois femmes assassinées. J'avais rouvert l'enquête, mais l'homme n'avait pas répondu à ma question. Je l'avais répétée plusieurs fois, ma question, en serrant sa main de plus en plus fort. Il n'avait rien révélé. J'avais vu son regard partir ailleurs, masqué par un nuage. La lueur couleur de plante s'était éteinte, et il avait fermé les yeux.

Je me rappelle maintenant qu'avant de m'endormir sur ma chaise je lui ai remis ses lunettes.

J'ai continué à marcher lentement pour réfléchir. Les lampadaires se sont allumés et les recoins sont devenus plus sombres. Une folle est passée en hurlant ; elle s'était fait un manteau avec des vieux sacs-poubelle et elle menaçait le ciel de son poing. A un arrêt d'autobus elle a voulu monter sans ticket pour dormir une heure au chaud. Elle s'est bagarrée avec le conducteur, qui a crié dans son micro que tous les passagers devaient payer ; c'étaient les ordres de l'Administration. Deux passagers du bus se sont levés et ils ont sorti des cartes en disant à la folle qu'ils étaient des délégués et qu'elle n'avait qu'à foutre le camp dormir ailleurs. La folle leur criait dessus et elle sentait si mauvais qu'ils n'osaient pas s'approcher. Le chauffeur a dit qu'il allait appeler la police, mais la folle s'en foutait parce qu'elle en venait, du poste de police. Une dame du bus a donné un billet à la folle, et lui a dit de s'asseoir dans le bus, mais la folle s'est mise à pleurer, puis elle s'est couchée sur un banc et le bus est reparti.

En arrivant dans le hall de l'immeuble j'ai vu un des locataires du quatrième. On l'aperçoit rarement. Nous l'appelons l'« Etranger ». Son nom est difficile à prononcer. Il parle avec un accent. Il vit seul. Il raconte que sa famille est restée dans son pays d'origine. Il est contremaître dans une usine, à l'ouest de la ville. Le col de son manteau est élimé. Il porte une casquette à rabats et des bottillons en plastique avec une fermeture Eclair devant. L'une des fermetures Eclair est cassée. Une cartouche de cigarettes dépasse de sa poche. Les soirs d'été, quand on laisse les fenêtres ouvertes, une odeur d'oignons frits monte de sa cuisine jusqu'à nous. Monsieur Kamel est dans l'ascenseur, son filet à provisions à la main. Nous entrons avant que la porte ne se referme. Monsieur Kamel a l'air mécontent. Il n'aime pas partager l'ascenseur. L'Etranger a baissé les yeux et a contemplé ses mains. J'ai appuyé sur les boutons de nos étages respectifs. Monsieur Kamel a réappuyé sur le sien pour montrer qu'il ne doit rien à personne. L'Etranger m'a dit :

— Tu as mal aux yeux ?

J'ai touché mes lunettes noires.

— C'est à cause du froid.

Il m'a adressé un signe de connivence. Un coin de sa moustache avait jauni. L'ascenseur s'est arrêté avec un cahot et l'Etranger est sorti.

Je suis resté avec Monsieur Kamel. Il m'a observé. Derrière mes lunettes j'ai fait comme s'il n'existait pas, mais je l'ai quand même regardé en douce.

L'homme est nu. Ma mère examine son corps à la recherche de petites plaques rouges. L'irritation de la peau peut donner naissance à des ulcères. Il faut soigner les plaques rouges dès leur apparition. Je vois ses doigts effleurer la peau de l'homme et ça ne me plaît pas ; surtout quand elle s'approche de son bas-ventre. Je repense à la fille Vania et à ses trafics dans le pyjama de son beau-père.

Je ne suis pas entré dans la chambre. Je suis resté dans le couloir. Je me suis accroupi contre le mur et j'ai sorti mon jeu d'échecs. J'ai fait une partie contre moi-même. Quand je me suis décidé à entrer dans la chambre, ma mère avait terminé son examen.

L'homme était recouvert d'un drap et de plusieurs couvertures. Cette année Monsieur Faye a bien réparé la chaudière. Nous avons chaud et nos affaires sèchent en une nuit sur les radiateurs. L'homme, lui, a froid, puis chaud, puis froid. On sait qu'il a froid quand il tremble, alors on lui met des couvertures ; puis il transpire, et on retire une couverture jusqu'à ce qu'il ne transpire plus. Quand il recommence à claquer des dents on lui remet une couverture. J'ai conseillé à ma mère qu'il se paye une couverture chauffante, mais c'était pas remboursé par la compagnie d'assurances.

« Les médecins ont diminué la dose de calmants dans la perfusion de Jacob. Ce serait bien si tu lui faisais la lecture », a déclaré ma mère en me laissant seul avec l'homme.

Je ne voyais pas quel genre de lecture j'allais lui faire. Pour le moment il fixait le plafond les yeux grands ouverts. J'ai eu une intuition :

— Mon nom est dans la Bible. Le vôtre aussi.

J'ai capté son attention. Il est redescendu de là où il était et il m'a regardé. Il y avait des ombres sur son visage. J'ai supposé qu'il voulait savoir ce que je pensais de ces histoires. Je me suis levé après avoir bu un verre d'eau et je suis allé chercher ma bible.

C'était une chose qui devait se produire un jour ou l'autre, car tout ce qui est arrivé aux hommes se trouve dans la bible.

J'ai commencé à lire un passage sur Jacob. Ma voix résonnait dans la pièce, et j'ai parlé un peu moins fort pour ne pas que ma mère m'entende de notre appartement :

— « Jacob resta seul. Alors un homme se battit avec lui jusqu'au lever de l'aurore. Voyant qu'il ne pouvait le vaincre, il le frappa à l'articulation de la hanche ; et l'articulation de la hanche de Jacob se démit pendant qu'il se battait avec lui. L'homme dit : Laisse-moi partir car l'aurore se lève. Jacob répondit : Je ne te laisserai point partir sans que tu me bénisses. »

Je me suis arrêté de lire. J'ai levé la tête. L'homme m'écoutait. Ses yeux avaient changé de couleur, mais c'était peut-être un reflet sur mes lunettes. J'ai dit :

— L'Ange ne vous a pas béni. Vous êtes un faux Jacob.

Ça n'a pas eu l'air de l'émouvoir. Il était dur, ou peut-être ne croyait-il pas en Dieu ; ou peut-être ne s'appelait-il pas Jacob.

J'ai ouvert la bible à Zacharie. J'ai lu le passage que j'avais souligné en rouge :

— «Que sont-ils, mon Seigneur ? Et l'ange qui parlait avec moi me dit : Je te ferai voir ce qu'ils sont. »

J'ai refermé la bible. J'ai dit en détachant mes mots :

— Moi, Zacharie, je sais que vous avez tué les trois femmes.

Il savait que j'étais le vrai Zacharie et que les anges me parlaient. Je l'ai bien observé pour voir sa réaction. Il n'a cligné ni une fois ni deux fois des paupières. J'ai eu l'impression qu'il me souriait.

Les vacances de printemps sont arrivées. L'hiver n'est pas parti, il s'est accroché comme une glu qu'on ne peut plus enlever.

Ma mère m'a emmené à la piscine municipale. Elle m'apprend à nager. Elle était dans l'équipe de natation de son école. La piscine est grande avec un plongeoir de neuf mètres.

Assis sur le rebord, j'admire ma mère. Elle nage vite mais termine essoufflée. Elle dit :

— J'ai beaucoup perdu.

Elle est quand même fière. C'est mon tour. Nous allons dans le petit bassin. Nous avançons vers l'eau profonde. Le niveau monte. Je vois un garçon plus âgé que moi sur un fauteuil roulant. Ses jambes repliées ressemblent aux pattes d'une sauterelle. On le jette à l'eau. Il remonte en criant. Il frappe la surface de ses bras, et se met à nager sur le dos. Ceux qui l'ont jeté applaudissent.

Je pense : « Si je jette l'homme dans la piscine, l'eau entrera par le trou dans sa gorge. Il ne se moquera plus de mon enquête. »

Ma mère a dit :

— C'est le moment de faire la baleine.

Je me souviens de mon entraînement dans la baignoire. Je nage la tête sous l'eau. J'essaye de respirer. L'eau me rentre dans le nez. Je bois une tasse. Ma mère éclate de rire et m'attrape sous les bras. Elle m'oblige à recommencer. Cette fois, je m'en sors sans tousser.

Autour de nous les gens courent sur les dalles et plongent. On ne voit pas le ciel par les baies vitrées ; la vapeur ruisselle. Les baigneurs ont une couleur plus pâle que le blanc, sauf un maître nageur qui nous sourit. Au milieu d'un groupe de garçons j'ai aperçu la fille de Madame Vania. Elle a de gros seins et des bourrelets au bas des fesses. Elle a fait semblant de rien. Je sais qu'elle nous a vus.

Ma mère a enlevé son bonnet et a dit :

— Nage là où tu as pied. Je te regarde.

J'ai demandé :

— Que faisait-il avant son accident ?

Elle a secoué ses cheveux.

— Tu veux parler de Jacob ?

— Oui.

— Une sorte de fonctionnaire.

Je recule de quelques mètres. Je nage la brasse. J'ai tendance à couler. Je peine pour garder ma bouche et mon nez hors de l'eau. J'ai posé mes pieds sur le fond et j'ai dit, en faisant signe à ma mère que je lui parlais :

— Les fonctionnaires ne roulent pas à moto.

— Qui t'a mis cette idée dans la tête ?

— Je sais.
Ma mère a souri.
— A ton âge, c'est normal de tout savoir.
J'ai demandé :
— Où est sa famille ?
— Il n'en a plus.
— S'il n'a plus de famille, où va-t-il aller ?
— Dans un établissement spécialisé.
— Jusqu'à quand ?
Ma mère a remis son bonnet.
— Jusqu'à la fin.
Tout bas, elle a dit :
— C'est injuste. Lui et moi n'avons pas eu notre chance.
Elle s'est enfoncée sous l'eau. J'ai vu le bonnet disparaître dans le bleu du grand bassin, et j'ai eu de la peine pour elle parce qu'elle était naïve et qu'elle croyait que les fonctionnaires ça avait des motos.

Je peux dire que j'aime bien les vacances car le matin nous prolongeons le petit déjeuner en regardant un feuilleton à la télévision. C'est l'histoire d'une petite fille qui est dans un pensionnat et dont le père meurt à la guerre. C'est très triste, et ma mère pleure tout le temps. La directrice de l'école a renvoyé la petite fille de la classe et lui a fait faire la bonne parce qu'elle n'avait plus d'argent pour payer la pension. Ce qui est bien, c'est que la petite fille a trouvé un vrai ami, un enfant de mon âge qui tire une charrette de légumes.

Le feuilleton terminé, je pars un peu ému à la piscine. Il y a toujours du monde à la piscine ; surtout les enfants des écoles. J'essaye de trouver un coin tranquille dans le petit bassin. Je fais la planche. Je ferme les yeux. Le brouhaha s'éloigne. Au bout d'un moment je ne sens plus mon corps. Je rêve que je dérive dans l'espace. Je vais d'une galaxie à l'autre. En bas, il y a la terre. Je vois notre ville, notre immeuble, notre maison. Ma mère est dans le salon. Elle danse avec un homme dont l'allure m'est familière. Je n'arrive pas à voir son visage. Quelqu'un a plongé près de moi et le rêve a disparu dans les éclaboussures.

Je rentre à la maison à onze heures et demie avec le journal et les commissions. Je prépare nos sandwichs. Celui de ma mère est au pain complet avec de la salade verte et une tranche de fromage. Le mien est au pain blanc. J'y mets du thon, des tranches de tomate et des herbes qui donnent du goût. Je fais très bien les sandwichs. Nous prenons notre pain chez un boulanger qui respire en faisant un drôle de bruit. Sa femme dit que c'est à cause de la farine qu'il a dans les poumons.

Je mange à heures fixes à cause de ma maladie. Je finis mon sandwich, puis je rejoins ma mère dans la chambre de l'homme. On a incliné son lit vers le haut. Je change la perfusion et la poche d'urine, et je donne à manger à l'homme. Ma mère nous met en garde tous les deux :

— Jacob doit tout manger. C'est important pour son taux d'hémoglobine et d'albumine.

Je hoche la tête pour confirmer ce qu'elle vient de dire. Je ne sais pas de quoi elle parle mais ça doit être important.

Je retire les lunettes de l'homme. Je guette dans ses yeux un signal avant de porter la cuillère à sa bouche. Il a de la difficulté à avaler ; il risque de s'étouffer. Quand j'arrive à tout lui enfourner, je me tourne vers ma mère pour recevoir les félicitations.

Après, il aspire du thé tiède avec une paille recourbée et ma mère lui fait la lecture. Quand les yeux de l'homme se ferment, elle lui remet ses lunettes et m'annonce :

— Jacob s'est endormi. Je vais manger mon sandwich et me reposer.

C'est à ce moment que démarre mon vrai tour de garde. L'homme dort. Je vais le laisser digérer un peu. Je lui enlève ses lunettes et je mets les miennes. Je pose ma blouse sur le dossier de la chaise et je m'attaque au problème d'échecs : « Les blancs jouent et font mat en deux coups. » Je réfléchis à la solution. J'essaye les combinaisons qui me viennent à l'esprit. Je me lève. Je fais les cent pas. Je piétine. Une idée surgit. Elle me distrait de mon manque de réussite. J'ouvre la penderie. Deux vestes et un pantalon sont suspendus. Les poches du pantalon sont vides ; pas de portefeuille. Dans une veste, je trouve un ticket de caisse de supermarché et un trousseau de clés. Je les range à leur place. Les tiroirs de la commode ne contiennent rien d'intéressant. Je retourne à mon échiquier. Le temps refuse de passer. J'enlève mon pull-over. Je vais à la cuisine. Je bois un verre d'eau. Je jette un coup d'œil dans les placards. Il n'y a presque pas de vaisselle. Je reviens dans la chambre. Mes oreilles sifflent. J'ai très mal à la tête. J'ai chaud et sommeil. J'entrouvre la fenêtre. Les nuages sont collés au ciel. Le vent est glacé. Je regarde le toit de l'immeuble, puis l'homme, puis le toit, puis l'homme. Mes yeux échouent sur l'échiquier. Je pense : « Si je trouve la solution, l'homme est coupable. »

J'ai refermé la fenêtre. J'ai annoncé à mi-voix :

— Zacharie, les blancs jouent et font mat en deux coups. Tu as cinq minutes.

J'ai plissé les yeux et je me suis concentré sur les pièces blanches et le bout coloré des allumettes. J'ai regardé ma montre.

— Plus que deux minutes.

J'ai pensé : « Le délai est trop court, même pour un enquêteur. Je vais le prolonger. »

Une voix dans la pièce a annoncé :

— L'allumette rouge mange le pion en B3.

Les mots m'ont frappé les oreilles comme des cymbales. J'ai vacillé, et tout de suite après je me suis sauvé chez moi.

C'est dans le livret que l'hôpital donne aux enfants diabétiques. Après une forte émotion, des hormones arrivent en grande quantité dans le sang. Ces hormones changent le taux de sucre. Il peut baisser ou monter. Le mien baisse. Je viens de vomir mon déjeuner. Ma main tremblait quand je me suis piqué le doigt avec une lancette. Au lieu d'une goutte au bout de l'index, c'est un filet qui a pris la direction de mon poignet. J'ai imbibé une bandelette de papier test avec mon sang. J'ai laissé le réactif agir dix secondes et j'ai comparé les couleurs. Je suis en deçà de la limite inférieure. J'ai commencé une crise d'hypoglycémie ; les hormones sont en train de tout transformer à l'intérieur. Je mets quatre tablettes de glucose dans ma bouche. Je les croque. Je vais dans la salle de bains. Je rince ma main à l'eau froide. Je lève le bras. Le saignement diminue. J'entoure la coupure de papier toilette pour ne pas abîmer une serviette.

Les symptômes de la crise sont bien là ; je les connais : j'en avais provoqué une à l'école, le jour où je me suis évanoui.

J'ai pris une bouteille vide. Je l'ai remplie aux trois quarts d'eau. Je suis allé dans le couloir et j'ai entrouvert la porte de la chambre de ma mère. La chambre est dans le noir. Les rideaux sont fermés. Ma mère fait la sieste. Je ne veux pas la réveiller mais j'ai peur de m'évanouir à nouveau. Je tiens la bouteille d'eau à bout de bras. Si je perds connaissance, ma main s'ouvrira et la bouteille se brisera au sol. Ma mère a le sommeil léger ; elle est infirmière. Le bruit la réveillera.

Le glucose agit. Au bout de cinq minutes je me sens mieux. Mon taux de sucre est remonté ; il frôle la normale.

J'ai vidé la bouteille. Je l'ai rangée sous l'évier. J'ai jeté le papier hygiénique en boule dans la poubelle. J'entoure mon index d'un sparadrap. Je nettoie les taches de sang sur le sol.

L'épisode m'a redonné du courage, mais j'en sors le cœur battant et la tête lourde. Je dois retourner à mon poste pour contre-attaquer. Je me passe un peu d'eau sur le visage ; l'envie de vomir se balance entre ma gorge et mon estomac. Je fais comme si elle n'existait pas.

Je suis entré dans la chambre de l'homme. Je me suis assis devant l'échiquier sans regarder le lit. J'ai mangé le pion noir en B3 avec l'allumette qui remplace la tour. Les noirs étaient bloqués. Le deuxième coup des blancs devenait évident. J'ai eu mon mat en deux coups.

J'ai pris sur moi de ne pas montrer mon émotion, puis je me suis tourné vers l'homme et je lui ai dit :

— J'avais trouvé la solution.

Il m'a félicité :

— Bravo ! Elle n'était pas évidente.

Je savais que c'était lui qui l'avait trouvée mais je n'ai pas voulu dire merci. Ça m'ennuyait ; et il y avait quelque chose de plus important : c'était bien un simulateur. Je ne m'étais pas trompé. Demain peut-être, il allait se lever, marcher, et remonter sur les toits.

— Moi, je l'ai cherchée longtemps.

Sa voix ressemblait à celle du boulanger qui a de la farine dans les poumons. J'ai dit :

— Depuis quand parlez-vous ?

Je devinais son regard par instants, entre ses paupières mi-closes.

— Je n'ai jamais perdu la parole.

— Pourquoi faites-vous semblant ?

— J'ai mes raisons.

— Ma mère est au courant ?

— Non. Tu es le seul.

Il a ajouté :

— Enlève tes lunettes et faisons connaissance.

Moi j'étais fatigué, mais lui il n'avait plus l'air d'avoir sommeil. J'ai enlevé mes lunettes et nous nous sommes regardés. J'ai bien vu qu'il cherchait à cacher ses pensées, alors j'ai fait de même. J'ai mis dans ma tête le visage de la petite fille du feuilleton, et moi j'étais le garçon qui livrait les légumes.

Il a demandé :

— Quelle heure est-il ?

J'ai regardé ma montre. Il était trois heures dix.

— Tu n'es pas à l'école ?

— Ce sont les vacances.

Il a fermé les yeux.

— Déjà.

Il les a rouverts puis a proposé qu'on fasse une partie d'échecs. J'ai trouvé sa demande bizarre. Je me suis levé. Il m'a arrêté du regard :

— Garde le secret ! a-t-il murmuré.

J'observe sa réaction. Il paraît sourire. C'est la deuxième fois. Je ne suis pas dupe. Il cherche à m'avoir. J'ai voulu sortir mais quelque chose m'a retenu d'aller prévenir ma mère. Sur le moment je n'ai pas su expliquer pourquoi, mais après j'ai compris que c'était la curiosité ; et c'était une qualité que devait avoir celui qui menait une enquête. Je suis allé dans l'entrée et j'ai tiré le verrou.

En revenant, j'ai dit :

— Votre ami le perroquet aux ailes tachées peut arriver.

L'homme a approuvé :

— Costanzo est un âne. Alors, cette partie ?

Il voulait me montrer qu'il en savait plus que moi ; qu'il pouvait me gagner quand ça lui plaisait. C'était dangereux d'accepter. Si je perdais, il me décourageait et c'était lui qui prenait le dessus. Je me suis quand même lancé.

— A une condition : je prends les blancs.

Il a réfléchi.

— Ça me va.

J'ai enfoncé les pièces dans les trous de l'échiquier. Avec les blancs, j'étais sûr de gagner, mais je ne lui ai rien laissé voir, puis je me suis dit qu'il avait accepté trop facilement. J'ai rajouté un truc :

— J'ai une deuxième condition.

— Quoi ?

— Le perdant répond aux questions.

J'ai posé l'échiquier entre nous. Les pièces noires me faisaient face.

Il a dit :

— Moi, je n'ai pas de questions.

Ça tombait bien parce que de toute façon je

n'avais pas l'intention de lui répondre. J'avais en tête une partie apprise par cœur. Les blancs gagnaient en onze, douze, ou bien dix-huit coups. Ça dépendait du jeu de l'adversaire.

J'ai avancé mon pion de la reine de deux cases. Il m'a demandé immédiatement d'avancer de deux cases le pion du fou du roi. Au fur et à mesure que la partie a progressé, un doute m'est venu. Il jouait trop vite. Il connaissait les coups. Il a annoncé brusquement :

— J'abandonne. Les noirs ne peuvent pas gagner.

Il avait perdu. J'ai parlé plus fort :

— Tant pis pour vous.

J'ai enlevé l'échiquier et j'ai approché ma chaise.

— Maintenant, j'ai dit, vous allez me répondre.

Lui aussi s'était préparé.

— Je suis fatigué. J'ai perdu l'habitude de parler.

Je me suis levé. Il a fait un effort pour grossir sa voix.

— Où vas-tu ?

— Chercher ma mère.

— Fous la paix à ta mère. Elle se sacrifie pour toi.

Je n'ai pas aimé qu'il parle de nous. Il ne savait rien de notre vie ; c'était juste un malade qu'on gardait parce qu'on n'avait pas les moyens, et que mes dents poussaient de travers, et qu'il fallait qu'on remplisse cette maudite case des mauvais jours. J'ai dit sans réfléchir :

— Ça ne vous regarde pas. Nous travaillons dur pour remplir la case.

Je n'ai pas pu détacher mon regard de son visage. Il a compris que j'étais hors de moi. J'étais décidé à le frapper s'il continuait à parler de ma mère. Alors, il s'est dégonflé. Sa voix a faibli quand il m'a demandé :

— Tu cherches à savoir qui a tué les trois femmes ?

J'ai hoché la tête.

— Si c'est moi, ta mère n'est plus en danger.

C'était logique, mais je n'avais pas besoin de lui pour comprendre.

— C'est vous ?

— Je ne t'ai pas dit ça.

— C'est qui alors ?

Il était coincé, et il s'est mis à jouer à celui qui n'en pouvait plus.

— Je suis fatigué. Attends demain.

J'ai crié :

— Vous êtes un tricheur et un menteur !

Il a fermé les yeux. Je me suis penché vers lui. Il a dû sentir quelque chose, mon haleine sur son visage. Sa voix a tremblé et j'ai cru entendre :

— C'est normal, je suis policier.

Ce matin, dans la cuisine, ma mère s'est assise près de moi. D'habitude, elle se met en face. Je n'avais plus sommeil ; j'étais fatigué et ma tête me faisait encore mal. Je m'étais réveillé dans la nuit, énervé par ce que j'avais cru entendre ; mais j'étais aussi certain de l'avoir entendu. J'avais besoin de savoir si c'était un vrai policier ou s'il se moquait de moi ; d'ailleurs un vrai policier ne serait pas monté sur les toits pour espionner ma mère. Nous avions la carte de visite de Costanzo ; il ne m'aimait pas et c'était réciproque. Il allait me poser un tas de questions, et il valait mieux laisser le perroquet sur son perchoir.

Ma mère a dit d'une voix inquiète :

— Tu as une mine de papier mâché.

— J'ai mal dormi.

— Mange, tu te sentiras mieux.

Je me suis forcé à mâchouiller une tartine. Je l'ai avalée sans plaisir. J'avais l'estomac noué.

— Tu as fait un mauvais rêve ? a-t-elle demandé.

— Non.

Elle s'est levée et a posé sa main sur mon front.

— Tu es glacé.

— C'est le manque de sommeil.

Elle est retournée s'asseoir en face. Elle m'a dévisagé puis elle a dit :

— Tu me caches quelque chose.

J'ai haussé les épaules et je me suis concentré sur le reste de la tartine. La bouche pleine, j'ai répondu :

— Tout le monde cache quelque chose.

— Je parle de toi. Qu'est-ce que tu as ?

Je me suis mis à débarrasser la table.

— Rien du tout.

— Tu en as assez de garder Jacob ?

Je me suis tourné vers elle.

— Je te jure que ce n'est pas ça.

Là, je ne mentais pas.

— C'est quoi alors ?

J'arrivai à sourire.

— Une crise de croissance.

C'était vrai et faux. Je grandissais dans ma tête mais pas dans mes souliers.

Elle a bu une gorgée de son thé.

— Je vais aux Grands Magasins ce matin. Tu m'accompagnes ?

J'adorais aller aux Grands Magasins. Je me débrouillais toujours pour que ma mère m'achète quelque chose ; je la traînais de rayon en rayon jusqu'à ce qu'elle cède, les jambes pleines de chaleur et de fatigue. J'étais sans pitié, mais je me rattrapais avec le massage.

Elle m'avait coincé : j'avais un autre programme.

Aujourd'hui, elle irait seule. J'étais enquêteur, et mon imagination me permettait de trouver une autre excuse que la fatigue. Le feuilleton de la pensionnaire qui faisait la bonne et du livreur de légumes qui était mon ami m'a donné une idée.

L'air embêté, je lui ai appris que je ne pouvais pas l'accompagner aux Grands Magasins parce que j'avais un rendez-vous. Elle m'a regardé par-dessus le bord de sa tasse avec une drôle d'expression.

— Avec qui ?

C'est là que mon Oscar m'a servi. Je m'en suis même donné un second. Je n'ai pas répondu. Les yeux dans le vague je me suis contenté de passer une éponge humide sur la table pour enlever les miettes. Je les ai recueillies dans ma paume.

J'étais certain qu'elle allait y venir : il le fallait ! Que Jésus me soit témoin, elle y est venue tout droit, comme quand on attend que l'autre joueur pose sa pièce dans la case qu'on veut et que ça se passe.

A cet instant, je me suis applaudi, puis je me suis senti Dieu et Arnold à la fois ; mais c'était pareil.

— Tu as fait une connaissance ?

J'ai vidé les miettes dans l'évier. Je les ai fait

disparaître en ouvrant le robinet. Je disais toujours rien.

Ma mère a reposé sa tasse. Elle a dit d'un air lointain :

— Je comprends.

Je suis allé dans ma chambre. Je me suis habillé comme si j'allais chez le docteur. Quand j'ai été prêt, ma mère m'a examiné des pieds à la tête et n'a fait aucune remarque parce que j'avais pas mis mes habits de tous les jours.

— Tu t'es lavé les dents ?

Y avait toujours des morceaux de nourriture qui s'accrochaient à l'appareil, alors je pouvais pas faire autrement.

— Oui.

— Montre-les-moi.

Je me suis exécuté.

— C'est bien, a-t-elle dit.

Nous nous sommes regardés. Elle n'a pas pu se retenir :

— Je peux connaître son nom ?

J'ai joué l'hésitant. J'ai bafouillé le premier nom qui me passait par la tête.

— Je n'ai pas bien entendu. Parle plus fort.

Ma mère a pointé un doigt dans ma direction.

— Marie, c'est Marie ?

J'ai baissé les yeux. J'ai souri bêtement. J'ai embrassé ma mère sur le front.

— Faut que j'y aille.

Elle a dit :

— Sauve-toi. Les filles n'attendent pas. Les Marie surtout.

Lorsque je suis arrivé chez le marchand de journaux, il terminait de vendre les derniers numéros de l'édition du matin. Il criait qu'un avion s'était écrasé pas loin de notre ville et que les recherches étaient difficiles vu qu'une tempête de neige soufflait dans la montagne.

Le marchand a fait glisser l'argent qu'il avait devant lui dans une vieille boîte à cigares dont il a refermé le couvercle. Il a dit d'une voix étouffée :

— Quoi de neuf, Zach ?

Je l'ai regardé tristement. Je mentais parce que souvent c'était plus beau dans les mensonges que dans la vraie vie, et j'ai pensé à cette Marie que j'avais inventée et qui me manquait déjà. J'ai répondu en soupirant devant le moignon qu'il agitait :

— Si j'allais chercher quelque chose pour nous réchauffer ?

— Bonne idée. Je prendrai un café noir avec trois sucres.

J'ai ajouté :

— Tu veux un beignet ?

Il a approuvé du moignon.

— C'est pas de refus.

J'ai continué sur le même trottoir. Un peu plus loin, j'ai acheté à un vendeur ambulant un beignet et un café.

Nous sommes restés à l'intérieur du kiosque. Le marchand a bu la moitié de son café d'un trait. Il râlait parce qu'il était trop chaud. J'ai dit :

— J'ai besoin d'un renseignement.

Le marchand mange son beignet. De l'huile coule de ses lèvres. Il hoche la tête, avale sa bouchée, et demande :

— Quel genre ?

— Quelqu'un prétend être dans la police.

— Et alors ?

— Je veux savoir si c'est vrai.

Le marchand a terminé son beignet.

— Ça va pas être facile. Tu as un nom ?

— Un prénom. C'est pas un policier en uniforme.

Il passe un index entre ses dents et ses gencives pour récupérer les morceaux de beignet. Il les avale avec le reste du café. Il m'apprend que le commissaire du quartier vient chercher son journal tous les soirs à huit heures. Je lui fournis la précision :

— L'homme s'appelle Jacob.

Le marchand m'a lancé un regard en coin, mais il savait moins bien le faire que Costanzo le perroquet, parce que c'était un ancien charpentier et que l'autre c'était un policier qui voyait la vie dans les coins, et qu'on le payait pour ça. Il a dit :

— Passe ce soir au café, vers neuf heures.

Je suis rentré comme d'habitude pour l'heure du déjeuner. J'avais acheté un bouquet de fleurs séchées. Nous les avons mises sur le buffet. Ma mère a dit :

— Tu m'offres des fleurs pour que je ne sois pas jalouse ?

J'ai feint de chercher une réponse, puis je lui ai fait plaisir :

— Tu as deviné.

— Tu es un vrai petit homme, a-t-elle dit.

Elle m'a pris dans ses bras, puis elle a ri et elle m'a embrassé en disant que j'étais devenu tout rouge.

L'après-midi, j'avais choisi de rester silencieux. Je ne voulais pas engager la conversation avec l'homme. J'attendais mon rendez-vous du soir pour en savoir plus. C'est lui qui a commencé.

— J'ai soif.

Je me suis mis au garde-à-vous, je l'ai salué, et je lui ai versé un verre d'eau minérale. Il l'a aspiré avec une paille courbée et il a roté. Je suis revenu sur ma décision. Je lui ai proposé en vérifiant si la poche d'urine était pleine :

— Encore un peu ?

— Je ne sais pas.

J'ai rempli le verre.

— Ma mère a dit que vous devez remplir deux poches par jour.

Il m'a demandé brusquement :

— Tu aimes les motos ?

J'ai répondu :

— C'est dangereux.

J'ai patienté, le verre à la main, en attendant qu'il se prononce.

— J'ai trop chaud. Retire une couverture, a-t-il demandé.

Maintenant je savais au moins ce que je devais faire avec les couvertures.

Ma mère est partie pour l'hôpital. J'ai mis mon manteau et je suis sorti. J'ai rasé les murs, j'ai sauté au-dessus des poubelles, j'ai marché vite : les trottoirs étaient vides. Le kiosque à journaux avait fermé. J'ai traversé la rue, j'ai poussé la porte du bar et je suis entré. Le marchand était assis à une table. Des hommes en combinaison de travail jouaient au billard. J'ai tiré une chaise et je me suis installé en face du marchand. J'ai demandé :

— Tu as mon renseignement ?

Il fixait un verre et une bouteille vides. Il a marmotté :

— Ça n'a pas été facile.

— Raconte !

Il a fait signe à la femme derrière le comptoir en désignant la bouteille.

— Sa petite sœur.

Il a posé les coudes sur la table. Il s'est réveillé d'un coup.

— Je l'ai eu, ce con de commissaire ! Comme ça !

Son moignon était entouré par une chaussette ; il l'a enfoncé dans le verre et l'a agité. Il m'a fait un clin d'œil et a raconté son histoire :

— Je lui ai dit : Vous connaissez un flic en civil qui s'appelle Jacob ? Il m'a répondu : En quoi ça t'intéresse ? Je lui ai dit : Un certain Jacob m'a laissé une ardoise. Il m'a dit qu'il était flic et qu'il paierait plus tard. Je l'ai plus revu. Qui va me payer ?

On lui a apporté sa bouteille. Il a bu au goulot deux longues gorgées.

— Qu'est-ce qu'il a dit, le commissaire ?

Avec les yeux il m'a fait signe d'attendre. Il avait décidé de finir sa bière. Il a pris son temps. A la fin, il a récupéré la mousse dans le goulot avec son petit doigt et il l'a léchée.

— C'est de l'étrangère.

Il m'a montré l'étiquette de la bouteille. Je savais ce qu'il allait me dire ; je le lisais dans ses yeux, mais j'avais besoin qu'il le dise et je voulais pas lui gâcher son plaisir, alors j'ai fait comme si j'avais pas compris, et j'ai pris l'air déçu.

— Le commissaire ne connaît aucun Jacob.

Il a rigolé.

— Non, le commissaire, il a répondu : Combien il te doit, Jacob ?

Ce matin je suis resté au lit avec Inuit, mon chien en peluche. Je me suis mis sous les couvertures et nous étions dans une grotte, et dehors le vent sifflait dans une grande tempête, et les loups hurlaient mais nous étions à l'abri des dangers. Inuit est un chien de traîneau, et avant je le mettais la nuit sur le balcon pour qu'il dorme au froid, et qu'il surveille mes chaussures de sport, parce que Inuit c'est également un chien de garde. Mais ça c'était dans l'ancienne maison, et je croyais alors qu'Inuit était un vrai chien.

Puis, d'un coup, je me suis mis à pleurer. J'ai pleuré parce que Inuit n'était qu'une peluche, et j'ai pleuré aussi à cause de ma maladie et de toutes les piqûres que je me faisais, et de ce qu'avaient dit les docteurs à ma mère sur le sucre dans ma tête, et aussi parce que j'avais vu le film *Antarctica* et que les frères d'Inuit étaient morts abandonnés, et qu'il fallait garder un inconnu, et que j'étais trop fatigué pour descendre voir les cafards et faire des prisonniers. J'ai pleuré parce que quelque chose ne voulait pas que ma taille grimpe dans la normale, et je ne voulais plus que le docteur se frotte les mains à l'alcool comme s'il était content de tout ce qui m'arrivait. Et puis après j'ai cherché d'autres choses tristes, et c'est pas ce qui manquait. J'ai pleuré à cause de la petite fille que la directrice maltraitait, celle qui avait perdu son père à la guerre. Mais là je me suis arrêté parce que moi j'avais de la chance, et je comprenais que Dieu me protégeait de ne pas être comme la petite fille, et que j'étais content de ne pas avoir de père ; j'avais une raison de moins pour pleurer. J'ai eu quelques larmes en pensant à Monsieur Faye qui débouchait les cabinets pour dormir au chaud, mais qui savait aider les enfants et qui aurait dû être roi.

J'ai fini par m'arrêter de pleurer. J'ai embrassé mon chien parce qu'il comprenait tout ça, et son pelage était tout mouillé.

La veille, le marchand de journaux avait confirmé que l'homme était un policier, et c'est peut-être à cause de ça que j'avais eu un moment de tristesse.

Cet après-midi j'allais le questionner, parce que je savais que même policier, et même s'il s'appelait Jacob, il cachait quelque chose. Le perroquet ne se comportait pas comme un vrai ami ; il quittait son perchoir dans l'espoir de découvrir un secret.

Je me suis rendu compte que je pensais à l'homme en l'appelant par son prénom, et je me suis senti mieux, et c'est à ce moment que ma mère a frappé à la porte de ma chambre et qu'elle est entrée.

Elle a demandé :

— Tu vois Marie, aujourd'hui ?

J'étais pas en état de faire l'acteur.

— Elle est partie chez des cousins, ai-je dit.

Ma mère a eu l'air déçue. Elle demanda :

— Elle revient quand ?

— A la fin des vacances.

Elle s'est assise sur mon lit. Elle a pris mes deux mains dans les siennes. Elle aussi avait de la tristesse dans les yeux.

— Tu ne peux pas passer tes vacances à garder un malade, dit-elle.

J'ai répliqué :

— Tu le fais bien, toi.

— Moi c'est pas pareil. Je fais mon travail.

J'ai précisé :

— Notre travail, maman. C'est notre travail à tous les deux.

Elle a haussé les épaules comme si on ne pouvait pas faire autrement, et caressé mes cheveux. Elle s'est couchée près de moi et nous sommes restés sans rien nous dire, chacun dans sa propre tristesse, car la mienne revenait à toute vitesse.

Alors pour ne pas pleurer devant elle, j'ai dit :

— C'est l'heure d'aller aux commissions.

Aujourd'hui, je n'ai gardé Jacob qu'une heure. Il faisait sombre ; ma mère se préparait pour partir à l'hôpital, et la garde de nuit n'était pas arrivée. L'après-midi, ma mère m'avait envoyé au cinéma ; un médecin devait passer pour examiner Jacob. Le film était nul et j'ai dormi. A la fin, les gens m'ont réveillé.

J'observe Jacob avec curiosité. Il me regarde. J'attends qu'il se décide à me parler pour poser des questions. Ça dure un moment, mais je résiste et il ne tient plus. Il dit :

— Mon nom te fait peur ?

Il tombe mal. Je prends mon temps avant de lui dire avec un sourire :

— Vous avez soif, Jacob ?

Il encaisse bien, et demande :

— Tes amis t'appellent Zach ?

— J'ai pas d'amis.

Il ferme les yeux. Il cherche un défaut pour pénétrer ma défense et prendre l'avantage, mais je me suis bien armé. Il rouvre les yeux et dit :

— Qui te prouve que je suis vraiment policier ?

Là aussi il tombe mal.

— J'ai vérifié.

— Comment ?

Je secoue la tête.

— C'est pas important.

Il est bloqué. Il change de sujet. Il essaye de me faire dire des choses sur ma mère.

— Parle-moi du gâteau que ta mère avait préparé...

Je m'essuie le front avec ma manche. Je transpire. Je pense au cafard dans le four à micro-ondes.

— Il n'y a jamais eu de gâteau. On vous a raconté des choses qu'on a inventées. Ma mère dit ça à tous ceux qui sont comme vous.

Il n'a pas l'air de souffrir de mon mensonge ; il ne réagit plus comme une personne normale.

— Peu importe. Raconte-moi.

Alors, comme je m'ennuie, je raconte la préparation du gâteau, que j'ai oubliée. Par la fenêtre, je vois des nuages sans ciel, des arbres squelettes, des colonnes noires d'où sort une fumée blanche et grise ; en fait je ne vois rien du tout, mais c'est ce qu'on verrait s'il faisait jour et ça m'aide à inventer. Quand j'ai fini, Jacob dit :

— J'ai son goût à l'intérieur. J'en reprendrais bien un peu.

Je réponds :

— Il n'y en a plus.

Après un silence, il dit :

— Je suis un arbre mort où les oiseaux viennent se poser.

Son regard est ailleurs.

— Quels oiseaux ?

— Ceux de la Vallée.

Je lui remets ses lunettes.

— Laisse-moi maintenant, ils arrivent, me demande-t-il.

Avant de sortir de la chambre, je me tourne vers lui.

— Demain, je vous apporterai du gâteau, dis-je.

Il répondit :

— Demain, je te raconterai ce que je faisais sur le toit.

Nous sommes toujours à égalité. Ça ne va pas durer.

Je ne voulais pas tenir ma promesse, mais quand la boulangère m'a tendu notre pain, j'ai dit :

— Je voudrais aussi du gâteau au chocolat.

Elle a jeté un coup d'œil à la vitrine des pâtisseries.

— Tu as de la chance, il m'en reste une part.

Une femme dans la file a toussé et a dit :

— Ma sœur a vu une hirondelle hier soir.

Le boulanger est sorti de son atelier en tirant un chariot rempli de pain chaud. Il a reniflé et secoué la tête.

— C'était une chauve-souris.

Les gens dans la file ont ri très fort, mais en même temps ils paraissaient épuisés et nerveux. Je suis reparti avec mon pain et une part de gâteau en pensant qu'avec le froid ça pouvait pas être une hirondelle même si la femme se donnait de l'espoir. J'ai levé la tête. Il était beaucoup trop tôt pour les chauves-souris, mais j'ai vu des étourneaux.

Le gâteau a deux couleurs, une claire et une foncée. Au milieu, il y a une couche de confiture. Elle est rouge avec des petits grains.

Jacob a ouvert les yeux. Il a murmuré :

— Je l'imaginais comme ça.

Je le lui ai fait manger. Il a pris son temps ; il laissait les morceaux bien s'imprégner avant de les faire glisser doucement au fond de sa bouche pour qu'ils descendent tout droit. Il m'a donné envie, et ma bouche s'est remplie de salive que j'ai crachée dans un verre qui traînait. A la moitié du gâteau Jacob a dit :

— Je terminerai le reste demain.

Il a continué :

— J'ai envie de fumer. Trouve-moi une cigarette.

Je me suis mis à rire.

— Vous avez oublié qu'il y a un tuyau dans votre gorge.

Il s'est tu. Je lui avais apporté son gâteau ; j'avais tenu ma promesse : lui devait tenir la sienne.

— J'étais chargé de l'enquête ; c'est pour ça que je suis venu dans cet appartement.

Je lui ai dit que je ne comprenais pas, et encore une fois il a changé de sujet.

— Trouve-moi une cigarette !

Comme il n'avait pas l'air d'avoir entendu, je me suis penché vers lui et j'ai cligné deux fois des paupières. Il n'a pas souri. Je savais qu'il en avait très envie, vu les mégots que j'avais trouvés après son passage sur le toit ;

mais je ne pouvais rien faire à cause de l'odeur qui s'en irait pas, et aussi de la machine qui devait pas aimer ça.

J'ai ramené la conversation vers ce qui m'intéressait. Je voulais savoir pourquoi il était venu habiter ici.

— Tu ne vois pas ? ironisa Jacob.

Je venais de perdre l'avantage. C'était dur de le garder. Dans un film un avocat disait qu'il ne fallait pas poser des questions à un témoin si on connaissait pas déjà les réponses. J'étais tombé dans le piège. J'ai essayé de me reprendre en lui donnant la bonne réponse :

— Si, je vois. La prochaine victime habite mon immeuble.

Je pensais à ma mère.

La voix de Jacob avait changé. Il avançait son fou et me mettait en échec.

— Tu ne vois rien, Zach. C'est l'assassin qui habite ton immeuble.

Il m'avait eu. Il avait marqué son point. Il pouvait mentir, mais au fond de moi-même une petite voix me soufflait que c'était la vérité.

Notre immeuble s'appelait La Cité des Poètes, et il n'y en avait qu'une dans la ville. La police avait trouvé notre adresse au domicile des victimes et ce n'était pas une coïncidence. C'est parce que nous vivions sous le même toit que l'assassin qu'on ne risquait rien. La police avait éliminé les vieux, les femmes, et ceux qui travaillaient la nuit parce qu'ils avaient un alibi.

Les suspects sont : Monsieur Razori, Monsieur Kamel, le mari de Madame Vania, l'Etranger, et Monsieur Mazuz qui habite le quatrième, m'a annoncé Jacob.

Sur mon échiquier de poche, j'ai enfoncé six pions blancs. Je lui ai dit :

— Jacob, nous devons découvrir quel est le pion noir.

Il a réfléchi, puis m'a déclaré que ce n'était plus son affaire.

— Tu ne sais pas compter. Il n'y a que cinq suspects.

Il fixait l'échiquier. Je n'ai pas été dupe. C'était mon tour de le mettre en difficulté.

— Non. Il y en a un sixième.

J'avais repris l'avantage dans la partie. Je me suis assis au bord du lit pour continuer à mettre Jacob en échec. J'ai fait attention, pour ne pas perdre mon coup d'avance.

— Dans les films, l'assassin emporte un souvenir de ses victimes.

— Dans la vie, c'est pareil, Zach. Les gens sont des collectionneurs.

Je me suis levé. J'ai marché de long en large pour l'énerver.

— Arrête-toi. J'ai le vertige.

— Pourquoi la police n'a pas fouillé chez les gens ?

J'ai continué à marcher. Il a cherché une excuse :

— Laisse-moi tranquille. La police n'entre pas chez les gens comme ça.

Je lui ai rappelé ses paroles :

— Vous avez dit qu'à la police c'était des menteurs et des tricheurs.

Je me suis arrêté de marcher. Un détail venait d'éclater comme une grosse bulle dans les bandes dessinées ; et ça expliquait tout. Je me suis précipité vers la penderie, j'ai fouillé dans la veste et les deux pantalons. Le trousseau de clés était dans la poche de la veste. Je l'ai agité devant ses yeux en disant :

— Les policiers ont une clé qui ouvre toutes les serrures.

— Pas moi.

J'ai examiné les clés.

— Vous mentez tout le temps. La porte de la terrasse est toujours fermée à clé.

Il jouait à un jeu et il perdait à tous les coups.

— Toi aussi tu mens. Essaye la clé sans numéro, a-t-il dit, excédé.

L'idée ne m'est pas venue que là aussi, il faisait peut-être semblant.

J'ai examiné le [illegible]

— Vous [illegible] tout le temps. La [illegible] de la [illegible] est toujours fermée ? [illegible]

— Il [illegible] n'y en a pas et il perdait tous les coups.

— Ton [illegible] pas [illegible] mieux [illegible] la [illegible] sans [illegible] d'un exercice.

L'idée ne m'est pas venue que [illegible] il [illegible] semblant.

Je [illegible]

[illegible]

Mais [illegible]

Il [illegible]

[illegible]

[illegible] des [illegible]

[illegible] contre [illegible]

[illegible] à [illegible] qu'il [illegible] elles sont [illegible] ne [illegible] corps [illegible]

[illegible]

[illegible] qu'il [illegible] Il a [illegible] le sol [illegible] le [illegible] jardin. Il [illegible]

Je suis allé sur le toit pour observer les locataires du quatrième. J'ai aperçu Monsieur Mazuz. Il voyage souvent ; il est représentant. Il porte une bague dorée et une gourmette et il a des pellicules sur ses vêtements.

La femme de Monsieur Mazuz est venue se réfugier un soir chez nous. Ma mère a mis des compresses glacées sur sa joue et son front, et lui a fait boire une tisane. Elle lui a conseillé d'appeler la police la prochaine fois que son mari la battrait. Monsieur Mazuz boit quand les affaires sont mauvaises ; il boit aussi quand elles sont bonnes.

J'ai posé mes jumelles. J'ai jeté un coup d'œil par-dessus mon épaule. J'avais ouvert et fermé la porte de la terrasse avec la clé de Jacob.

J'ai pensé : « Si l'assassin n'est pas Jacob et qu'il m'aperçoive, il a le choix. Il viendra par le sous-sol et je ne le verrai pas traverser le jardin. Il se cachera dans l'escalier pour m'étrangler. S'il a une clé, il surgira sur la terrasse et me poussera dans le vide. Je tombe-rai comme la femme du septième. »

La nuit qui m'entoure est noire. Il y a peu de chances qu'on me découvre. Je décide de rester et je reprends mes jumelles.

Je vois l'Etranger. Il a mis un costume qui ressemble à une robe. Il a l'air agité. Il regarde de tous les côtés, puis se met à danser. Il danse tout seul. Il n'a pas l'air de s'amuser.

Monsieur Mazuz a fini son dîner. Il lit un journal. Sa femme débarrasse la table. Dans la cuisine, elle verse du café dans une tasse. Elle fait ensuite une chose bizarre. Elle se penche au-dessus de la tasse. Un gros filet de salive pend de sa bouche puis se détache. Elle sert le café à son mari et attend. Monsieur Mazuz a posé son journal et a goûté le café. Il a hoché la tête comme si le café était très bon. Sa femme a souri puis elle est repartie dans la cuisine. Monsieur Mazuz a allumé un petit cigare et a étendu ses jambes.

J'espérais que la femme s'était raclé la gorge avant de cracher. En tout cas, elle était bien meilleure que la fille Vania.

Le lendemain, je suis allé raconter l'histoire à Jacob. Il m'a rétorqué qu'il s'en fichait. J'ai insisté.

— Hier soir, j'ai ouvert la porte de la terrasse avec *votre* clé.

Il a répondu :

— Ce n'est pas la place d'un enfant.

Je lui ai dit que je n'étais plus un enfant, mais presque un adolescent, et qu'il m'avait obligé à rouvrir l'enquête en revenant ici, et que je ne pouvais plus reculer. Je lui ai demandé où en était la police, et il a ajouté que ça ne me regardait pas, et que la police savait comment s'y prendre pour arrêter les assassins. Après, il a voulu savoir à propos du sixième pion. Alors, j'ai fait comme lui, j'ai changé de sujet.

— Qu'est-ce que vous cachez ? lui ai-je demandé.

Il m'a fait une drôle de réponse.

— Les arbres morts ne font plus partie de la forêt.

— Vous n'êtes pas tout à fait mort, ai-je remarqué. Vous êtes *presque* mort.

— Comment tu appelles ça ?

— Quand le roi est vivant mais ne peut plus bouger on dit qu'il est « pat ».

— La vie n'est pas un jeu d'échecs, Zach.

Il avait beau dire ça, c'était bien une partie d'échecs que nous étions en train de jouer, lui et moi. Je n'arrivais pas à comprendre, vu qu'il était paralysé et qu'il ne pouvait plus rien faire, pourquoi il ne me disait pas toute la vérité. Puis j'ai compris qu'il se servait de moi.

— Qui est le sixième pion ?

— Je pense que vous savez qui c'est.

— C'est moi ?

J'ai remis mes lunettes noires.

— Lorsque les trois femmes on été tuées vous n'étiez pas encore « pat ».

— Tu as raison. Je suis peut-être l'assassin.

Ce soir-là, je n'ai pas eu faim. J'ai croqué trois pastilles de glucose et je me suis couché sans dîner.

Il n'y a aucun survivant dans l'accident d'avion. Les chiens creusent la neige pour trouver les cadavres. Les cercueils s'alignent dans une chapelle. Les gens pleurent, brûlent des cierges, et prient.

J'ai éteint la télévision et je suis sorti de chez moi. Une fille plus grande que moi et un homme étaient dans le jardin qui sépare les deux immeubles. La fille tenait une rose blanche à la main et portait un manteau noir. Ils se sont approchés, et l'homme m'a adressé la parole.

— Tu habites ici ?

— Depuis trois ans.

Il s'est tourné vers la fille.

— Tu veux lui demander, Claire ?

Elle a des yeux gris et un appareil dentaire.

J'ai dit :

— Je sais qui vous êtes. Suivez-moi.

Je me suis arrêté sous la fenêtre du septième étage et je leur ai montré l'emplacement.

— C'est là.

La fille s'est agenouillée et a déposé la rose. L'homme s'est écarté. Je l'ai suivi. Il s'est penché vers moi. J'entendais la fille pleurer.

— Tu l'as vue tomber ?

J'ai cligné une fois des paupières.

— Elle a souffert ?

Je ne lui ai pas répondu. Nous sommes restés un long moment ainsi. Il avait allumé une cigarette et le vent a dissipé la fumée. Les sanglots de la fille se sont calmés un peu. Sans me regarder, l'homme m'a chuchoté :

— Ne dis rien à ma fille.

Nous avons attendu que la fille ait fini de prier. Elle a fait un signe de croix et nous a rejoints.

— Je peux voir l'appartement ?

Je lui ai dit :

— Le locataire est paralysé.

La fille a resserré les pans de son manteau. Elle a murmuré :

— Montre-moi la fenêtre.

J'ai pointé le doigt, et ils ont levé la tête tous les deux.

— C'est celle-là.

L'homme a crispé ses mâchoires et a parlé d'un ton sec.

— Ce coin est maudit. Allons-nous-en !

La fille a envoyé un baiser au ciel. Je me suis approché d'elle et je lui ai dit :

— Je mettrai une fleur chaque jour, comme ça elle saura que tu ne l'as pas oubliée.

La fille m'a serré très fort dans ses bras, et j'ai pensé que même si elle s'appelait Claire, ç'aurait bien pu être Marie, et que j'aurais aimé être son voisin et son ami.

Elle s'est éloignée. Je l'ai suivie du regard, puis je ne l'ai plus aperçue.

Je suis remonté chez moi en prenant l'escalier. Mes épaules et mes jambes étaient lourdes ; je savais que c'était le poids de la terre et que la femme qui avait fait le chemin dans l'autre sens le savait aussi.

Monsieur Faye était à genoux, avec un seau, son chiffon, et le produit nettoyant. Le chiffon faisait un bruit doux en glissant sur le bois ; les marches étaient humides et sentaient comme le souvenir du printemps. Je devais avoir l'air triste car Monsieur Faye m'a dit de ne pas me laisser aller. Je l'ai remercié. Je suis redescendu et j'ai pris l'ascenseur pour ne pas salir les marches qu'il nettoyait.

Ma mère est rentrée de l'hôpital avec du retard. Elle s'est assise sur le divan du salon et elle a pris son visage entre ses mains. Je suis allé dans la cuisine, j'ai versé de l'eau chaude dans une tasse et j'ai plongé un sachet de thé. Quand j'ai eu la bonne couleur, j'ai retiré le sachet et j'ai mis la tasse dans une soucoupe pour ne pas faire d'auréole sur la table. Je suis revenu dans le salon. Ma mère n'a pas bougé quand j'ai posé le thé devant elle. Au bout d'un moment, elle a redressé la tête et a lissé ses cheveux en arrière. Ses joues creusées étaient pleines de larmes.

— Excuse-moi, dit-elle.

Je lui ai enlevé ses chaussures. Ses pieds étaient glacés et je les ai pris dans mes mains pour les réchauffer. Elle avait dû avoir une mauvaise nuit de garde, et elle était à bout. Quand les sanglots dans sa poitrine se sont calmés, elle a murmuré :

— Je n'en peux plus. J'ai besoin de quelqu'un.

J'ai cru qu'elle me reprochait quelque chose ;

puis nous nous sommes regardés et j'ai compris qu'elle se parlait à elle-même, et qu'en même temps ce qu'elle avait à l'intérieur l'en empêchait. Alors, j'ai dit pour la réconforter :

— Je suis là.

C'était vrai. Quand nous étions à la maison ou chez Jacob, je faisais ce que je pouvais pour la soulager. Elle a bu un peu de thé. En reposant la tasse, ses mains ont tremblé et elle a dit :

— C'est différent, mon chéri.

Ma mère est épuisée. Elle a pris un cachet pour dormir. Elle n'a pas la force de s'occuper de Jacob cet après-midi. Je suis resté un moment à côté d'elle ; elle s'était repliée sous les couvertures comme une bête qui a mal. J'ai mis mon visage dans son cou, juste derrière son oreille. J'appelle cet endroit le Paradis. J'ai respiré son odeur, et doucement mon courage est revenu. Je suis sûr que les autres mères ne sentent pas meilleur qu'elle. J'ai pensé que je pourrais lui offrir un chien pour son anniversaire. Elle adore les caniches. Je n'ai pas voulu lui parler de Claire et de la rose.

Je me suis assis sur une chaise près du lit de Jacob. Des ventouses sont collées à sa poitrine. Son cœur fait des courbes lumineuses sur un écran. Jacob refuse que j'enlève ses lunettes. Je me penche vers lui.

— Qu'attend l'assassin pour recommencer ?

Sa voix n'est qu'un murmure.

— Il ne tuera plus.

— Pourquoi ?

— Il sait.

Une fois de plus, je n'ai rien compris à ce qu'il racontait. Les lignes vertes ont défilé plus rapidement sur l'écran.

— Il faut vous calmer. Votre cœur bat trop fort.

Immédiatement, il a répondu :

— Ton cœur à toi, comment bat-il ?

J'ai posé ma main sur ma poitrine.

— Je ne le sens pas.

Je me suis souvenu que Jacob était dans cet état chaque fois qu'il revenait de son « voyage ».

— Vous êtes parti avec les oiseaux, aujourd'hui ?

— Longtemps.

Il a vraiment l'air mal en point.

— Trop longtemps, lui ai-je fait remarquer.

— Je ne veux plus revenir.

L'écran m'a hypnotisé. Les lignes sont devenues floues. Jacob a dit :

— Qu'as-tu fait de la clé ?

— Je l'ai gardée.

— Tu vas t'en servir ?

Je n'ai pas répondu. Il m'a mis en garde :

— Je vais prévenir ta mère.

— Non, vous ne le ferez pas.

— Pourquoi ?

— Ma mère ne peut pas vous aider.

— Quand elle est là j'oublie le reste.

— Même les oiseaux ?

Il a réfléchi. On ne parlait plus de l'enquête, de l'assassin et de son secret. On parlait de quelque chose que je sentais depuis longtemps s'approcher quand on se parlait pas.

— Pas les oiseaux.

J'ai détaché mes yeux des taches qui scintillaient sur l'écran.

Il a dit :

— Toi, tu peux m'aider.

Il ne mentait pas.

— A quoi ?

— A ne plus revenir.

Il m'avait conduit à l'endroit qu'il voulait. Les machines bourdonnaient autour du lit. Je sentais le sommeil me gagner. Il m'a demandé d'enlever mes lunettes et de retirer les siennes pour voir dans nos yeux. J'ai obéi. J'ai regardé Moby Dick et nous nous sommes compris.

— Quand ? lui ai-je demandé.

— Maintenant.

J'ai hésité ; je ne pouvais pas le faire pendant le tour de garde de ma mère, et mon enquête n'était pas terminée. Il avait failli m'avoir.

— Je dois d'abord démasquer le pion noir.

Il n'avait pas le choix. Il m'a demandé d'éteindre une des lampes, l'éclat de la lumière sur le mur blanc le fatiguait.

C'est ma première vraie expédition avec la clé de Jacob. Je vais en reconnaissance à la recherche d'indices. Pour faire avancer mon enquête je dois prendre des risques ; je sens que j'approche du but.

J'ai plusieurs coups d'avance sur tout le monde, même sur le perroquet qui d'après Jacob est un âne et ne fait jamais rien. Quant au commissaire, si le marchand de journaux l'a eu, c'est qu'il ne doit pas être très malin.

J'entends les ronflements de Monsieur et Madame Razori. Ils ont bu cinq bouteilles de vin. J'ai vérifié les étiquettes des bouteilles vides dans la poubelle rangée à côté du vide-ordures de l'étage. C'est bien la marque qu'ils achètent. J'ai mis mon pyjama en flanelle sombre, celui avec des poches. J'ai gardé mes pantoufles. Avec elles, je me déplace sans bruit. J'ai des gants et une cagoule qui me gêne pour respirer.

Je referme avec précaution la porte de l'appartement des Razori. Je bloque le pêne avec un bout de carton, en cas de fuite précipitée. Je n'ai qu'un endroit à fouiller : l'armoire de Monsieur Razori ; c'est là qu'il range sa collection et ses réserves de vin.

Une veilleuse éclaire le couloir. Je l'éteins. J'allume ma lampe de poche. Depuis des années, Monsieur et Madame Razori font chambre séparée. Je colle mon oreille à la première porte. Je tourne la poignée. Elle ne tourne pas. Madame Razori s'est enfermée. J'avance jusqu'à la chambre de Monsieur Razori. Lui aussi a fermé sa porte. Je reviens sur mes pas. J'entre dans la salle de bains. Malgré la cagoule qui recouvre mon nez, une mauvaise odeur me saisit. Je me bouche le nez pour ne pas vomir. Je baisse le bas de la cagoule pour respirer plus facilement par la bouche. Je promène le faisceau de ma lampe. Des flacons de poudre pour les pieds remplissent une étagère de plastique blanc. Sur la tablette du lavabo, il y a un rasoir sale et un tube de crème à raser. Je n'ai pas le temps de lire la marque. Une rangée de dents dans un verre sort de l'obscurité. Je continue à balayer la pièce de ma torche. Des bas noirs filés, pincés par des épingles en bois, sèchent sur une tringle au-dessus de la baignoire. Je ne sais pas d'où vient l'odeur. Je fais deux pas en avant. Sur une table, se trouve une poire à lavement avec une grosse canule. Dans une cuvette en émail, des culottes couleur chair trempent dans une eau marron. Il y a un écriteau posé sur la cuvette des cabinets. J'éclaire l'intérieur de la cuvette. Des crottes flottent à la surface. Des grosses et des petites rabougries. Sur l'écriteau, quelqu'un a inscrit : *Bouffe ça !*

Je ressors dans le couloir. J'inspire profondément. Je sais où Monsieur Razori cache la clé de son placard. Une photo de lui avec des camarades en uniforme est accrochée dans le salon. Madame Razori n'a pas le droit de s'en approcher. La clé est collée au dos du cadre avec un morceau de Scotch. Je la prends. Par terre, il y a des soldats de plomb prêts à se faire la guerre. Je retourne écouter aux portes. Les ronflements me rassurent. Je saisis une chaise. Je la couche en travers du couloir. Si l'un d'entre eux se lève pour aller à la salle de bains, la chaise le fera tomber. Je pourrai m'enfuir sans être attrapé ou reconnu. J'ouvre les deux battants du placard. Le haut contient des bouteilles de vin ; le reste est rempli de cochonneries. Je reconnais le curé en soutane sculpté dans la croix. Des curés, il y en a de toutes les tailles. Il y a d'autres choses aussi. Il fait chaud. Je transpire. J'enlève ma cagoule. Je fouille les étagères.

L'inspection m'a pris une heure. Je remets tout en place, y compris la chaise. Je ramasse ma cagoule. En quittant l'appartement, je rallume la veilleuse. Je donne un tour à la serrure. Monsieur et Madame Razori ronflent. Dans ma poche se trouve une lettre adressée à Monsieur Razori. Je l'ai prise dans son placard.

Je remonte chez moi par l'escalier sans allumer ma torche. J'avance dans le noir. Je fais ça pour développer mes pouvoirs spéciaux. J'ai d'autres visites à rendre. Celle chez Monsieur Kamel m'effraie. Je monte sans coller mon dos au mur. Je m'arrête. J'écoute. Je monte une marche. J'écoute à nouveau. Je perçois une respiration, un halètement. Il y a quelqu'un d'autre dans l'escalier. Je n'ai fait aucun bruit. On ne peut pas m'avoir entendu. Ce ne peut être que l'assassin ! Je remets ma cagoule. Je braque ma torche. Je presse le bouton sur le boîtier. Personne ne descend les escaliers plus vite que moi. L'assassin ne me rattrapera pas. Je vais enfin voir son visage. Le faisceau de ma lampe éclaire Monsieur Vania. Il a une veste foncée et une chemise. Il n'a pas de cravate et ses cheveux sont décoiffés. Je baisse le faisceau. Son pantalon pend sur ses chevilles. Je remarque le bleu ciel de ses chaussettes. La fille de Madame Vania est à genoux devant lui.

Monsieur Vania a allumé la cage d'escalier. Il dévale les marches derrière moi. Ses cris résonnent dans l'immeuble. Je sors en catastrophe sur le palier du quatrième. L'ascenseur n'est pas à l'étage. Je n'ai plus le choix. Je dois pénétrer chez l'Etranger ou chez Monsieur Mazuz.

Je serre la clé de Jacob dans ma main. J'entre dans l'appartement de l'Etranger en priant pour qu'il n'y soit pas.

Il y est.

Il danse dans le salon. Son costume ressemble à une robe. Pas le même que la fois précédente. Je m'adosse à la porte. L'Etranger continue à tourner sur lui-même. Je dis :

— J'ai entendu la musique. La porte était ouverte.

Il ne danse plus. Il me dévisage comme si j'étais fou.

— Il n'y a pas de musique.

Je tends l'oreille. C'est la vérité.

— Je l'ai entendue. J'ai dû me tromper d'étage.

— Je te reconnais ! Tu portais des lunettes noires. Maintenant tu as une cagoule.

Je retire ma cagoule.

— C'est parce que je suis diabétique.

Il dit :

— Ah !

Des éclats de voix nous parviennent.

L'Etranger s'alarme :

— La police !

Je colle mon oreille au battant. L'Etranger me rejoint. Il ouvre la bouche. Je mets un doigt sur mes lèvres.

Nous entendons Monsieur Vania :

— Je vous dis que c'est une organisation ! Leurs gosses mendient sur les trottoirs et entrent la nuit chez les gens pour les voler !

Une voix, celle de Monsieur Mazuz, demande :

— Vous avez vu le gosse ?

Monsieur Vania dit :

— Il était devant moi. Il a disparu. Il se cache quelque part.

Une troisième personne se mêle à la discussion. C'est la femme de Monsieur Mazuz qui suggère :

— C'est peut-être un nain. J'en ai vu deux en ville avant-hier...

Monsieur Mazuz aboie :

— Retourne te coucher, bon Dieu !

Puis :

— Je ne vais pas me mettre à courir

derrière des nabots. Je me lève de bonne heure demain. Bonsoir.

Une porte claque. Des pas s'éloignent. Je me tourne vers l'Etranger.

Il dit :

— Je n'ai personne avec qui danser. Reste un peu.

Il me fait signe de venir dans le salon. Je lui signale que chez nous quand on danse, il y a de la musique et les gens sont gais.

J'ai jeté un regard autour de moi. D'un côté, une table et une chaise ; de l'autre, un canapé aux accoudoirs usés. Des livres sont entassés par terre. Je ne reconnais pas les caractères. L'Etranger m'a demandé :

— Quel âge as-tu ?

— Douze ans.

— J'ai un fils de ton âge.

— Il s'appelle comment ?

— Son nom est dur à prononcer. Nous l'appelons Garçon.

— Il est avec vous ?

— Garçon est resté au pays.

Il a mis une cassette. Une musique bizarre en sort. Il me propose :

— Dansons. Nous parlerons de Garçon.

— Je ne sais pas danser.

— Je vais t'apprendre.

— Comment s'appelle cette danse ?

— Elle n'a plus de nom.

J'ai envie qu'il m'apprenne à danser, mais je lui dis :

— Montrez-moi une photo de Garçon.

— Je n'en ai pas.

Je me dirige vers la porte.

— Ma mère m'attend.

L'Etranger a enlevé la cassette et s'est remis à danser. Son visage est triste. Je le regarde quelques instants.

— Pourquoi vous n'avez pas de photo de votre fils ?

Il tourne de plus en plus vite.

— Garçon est mort.

Je ne sais pas quoi lui dire. J'ouvre la porte. Je le salue de la main.

Il s'est arrêté.

— Toi aussi danse pour Garçon, me lance-t-il.

Puis :

— Referme à clé derrière toi.

Dans ma chambre, face à la fenêtre, il y a un petit bureau et une chaise, où je fais mes devoirs. J'ai changé mon lit de place quand je me suis aperçu qu'il y avait un endroit de la cloison où on entendait ce qui se passait de l'autre côté. J'ai un coffre en bois dans lequel j'entasse mes peluches et des vieux jouets. Sur les murs, j'ai collé des posters d'Arnold. Il y a un placard où je range mes habits, et une commode avec deux tiroirs. Sur la commode ma mère a mis des cadres avec des photos à elle, des miennes, et d'autres où on est tous les deux. Il y a aussi une radio que j'allume quand j'ai envie d'écouter de la musique. Au fond du placard, j'ai caché une boîte à chaussures que j'ai transformée. Un double fond contient la clé de Jacob, la lettre que j'ai prise chez Monsieur Razori, et mon cahier ; celui où j'écris l'histoire de Zacharie et de Jacob, l'histoire d'un immeuble et de ses locataires, et aussi l'histoire d'un assassin.

Ma mère ouvre la porte de ma chambre sans

frapper. Elle est de mauvaise humeur. Je suis en train de tournoyer au milieu de la pièce, les bras tendus comme des ailes. Elle me demande ce que je fais. Je lui dis sans m'arrêter, bien que ce soit évident :

— Je danse.

— Sans musique ?

— C'est pour Garçon.

Elle me regarde bizarrement. Elle demande d'une voix autoritaire :

— Tu as vérifié ton taux de sucre ?

— Oui.

— Tu l'as noté ?

— Oui.

— Montre-moi ton carnet.

J'obéis. Elle feuillette les pages, referme le carnet et le pose sur la commode. Elle m'annonce que je ne peux pas passer mes matinées à rester oisif et que je dois faire de l'exercice tous les jours.

— Enlève ma robe et va à la piscine, décide-t-elle. Fais dix largeurs.

Je n'ai pas envie d'aller à la piscine, mais je n'ai pas envie non plus de raisonner avec elle quand elle montre cette figure-là.

Je reste figé un pied en l'air et je bâille.

— Cinq seulement, je lui réponds. J'ai pas très bien dormi.

A la piscine, je nage la brasse là où j'ai pied, quand brusquement quelqu'un m'entraîne sous l'eau. Je ressors en toussant. La fille de Madame Vania m'examine, une lueur mauvaise dans les yeux. Elle attaque sans prévenir :

— Ne fais pas semblant de t'étouffer. Mon père t'a vu te sauver dans l'escalier.

Je feins de m'étouffer davantage. J'arrive à lui dire :

— Me sauver, pourquoi ?

Elle mord ses grosses lèvres. Ses dents sont droites et blanches, et je la déteste rien que pour ça. Elle me dévisage, fronce les sourcils, puis dit :

— Tu n'étais pas dans l'escalier hier soir ?

Je respire plus facilement. Monsieur Vania n'a rien vu du tout.

— Non. Qu'est-ce qui s'est passé ?

Elle hausse les épaules et fait la moue.

— Rien.

Puis elle attaque de nouveau :

— Et votre cul-de-jatte ?

Je réplique :

— C'est un arbre mort.

Elle se gratte la joue.

— J'en ai jamais vu.

Elle change d'attitude. Elle me sourit, mais c'est un sourire faux qui dissimule une autre attaque.

— Est-ce qu'il bande encore ? Ta mère a vérifié, je suppose ?

Je suis resté immobile comme si tout s'était refermé autour de moi. J'ai pensé à ce moment que j'allais la tuer, et que tout allait s'arrêter ici dans le petit bain de la piscine. Puis je me suis souvenu que j'avais besoin d'elle ; alors je me suis laissé aller en arrière, et j'ai plongé sous l'eau. La brûlure avait gagné mes joues, et toutes mes veines battaient ensemble comme un tambour de guerre, et j'ai pensé très fort au plan, et je suis ressorti doucement de l'eau en disant :

— Je peux te laisser seule avec lui si ça t'intéresse, mais faut pas que ma mère l'apprenne.

Elle a fait semblant de réfléchir, mais je voyais bien que j'avais touché juste : ça l'excitait de faire quelque chose dans le dos de ma mère.

— Le mardi ça m'irait ; la mienne va chez le coiffeur.

Je ne l'ai pas laissée réfléchir, à cause du plan.

— D'accord pour mardi.

La fille Vania a poussé ses grosses fesses en arrière et a commencé à se dandiner pour se faire remarquer du maître nageur.

Aujourd'hui, avant de retrouver Jacob, je suis retourné chez l'araignée. J'ai trouvé une encyclopédie sur les oiseaux que le vieillard a accepté d'échanger contre deux jeux vidéo.

Une fois installé devant Jacob, qui me regarde avec indifférence, j'ai ouvert l'encyclopédie sur mes genoux et je lui ai demandé :

— A quoi ressemblent les oiseaux de la Vallée ?

— Personne ne les a jamais vus, m'a-t-il répondu.

— Vous les voyez bien, vous ?

— Je vois leurs ombres. J'entends le bruissement des ailes.

J'ai refermé l'encyclopédie. Je lui ai annoncé :

— Je me suis servi de la clé.

J'ai sorti la lettre prise chez Monsieur Razori.

— Regardez le tampon sur l'enveloppe. On l'a postée après la mort de la troisième femme.

— Fais voir.

Je remets la lettre dans ma poche. Jacob fait une tentative :

— C'est moi le policier.

J'ai secoué la tête. J'étais l'enquêteur, et je prenais tous les risques.

— J'ai vu aussi l'Etranger, lui ai-je dit.

— L'Etranger est dangereux.

— Non, il est triste. Son fils est mort.

Jacob m'a regardé bizarrement.

— L'Etranger n'a pas de fils, Zach.

« Je viens de me faire prendre, ai-je pensé ; mais je ne vais pas le lui montrer. » J'ai affirmé :

— Si, il en a un !

Il n'était pas d'accord :

— J'ai vérifié. Il n'a pas de photo de lui.

— Il me l'a montrée à moi !

Il a paru surpris par mon assurance. J'ai pensé soudain au rendez-vous avec la fille.

— Mardi, une personne viendra vous voir.

J'ai ouvert mon encyclopédie.

— Imaginons les couleurs de vos oiseaux.

— Parlons plutôt de cette personne. C'est qui ?

— C'est une fille, c'est tout. Elle est moche et blonde.

— Je n'aime pas les blondes, m'a-t-il fait remarquer. Tu manigances quoi encore ?

J'ai préféré ne rien lui dire sur la visite que je comptais faire chez les Vania pendant qu'il occuperait leur fille.

Il fait toujours froid mais les jours allongent et ma mère a décidé de rentrer à pied de son travail. Elle a besoin de respirer.

Nous prenons notre petit déjeuner. Ma mère a de la crème sur le visage. Elle appuie sa tête sur le rebord de la chaise et soupire. Deux tampons imbibés d'eau froide couvrent ses yeux. Je pose ma tartine et je demande innocemment :

— Qu'est-ce que tu penses de Monsieur Kamel ?

— C'est le dernier de mes soucis.

— Il ne mange que des conserves.

Elle enlève les tampons de ses yeux et les pose sur une serviette en papier.

— Termine ta tartine.

Je termine ma tartine. Quand j'ai fini, elle dit :

— Je ne veux plus de jumelles à la maison.

— C'est pas juste. Je les ai achetées avec mon argent.

— Ça m'est égal. Vends-les à un copain. Je ne veux plus que tu t'en serves.

Elle prend un morceau de coton et enlève la crème de son visage.

— C'est pas pour les gens.

Je me lève. Je vais chercher l'encyclopédie.

— C'est pour les oiseaux. J'ai un livre.

Je lui montre les planches. Elle constate :

— Ils sont jolis. Dommage qu'ils ne viennent pas jusqu'ici.

Je souris.

— Ceux-là habitent des îles. Ils prennent la couleur des fleurs et du ciel.

Elle a hoché la tête.

— Comment sont ceux de chez nous ?

— Ils n'ont pas de couleurs.

— Je n'avais pas fait attention.

Puis :

— Depuis quand t'intéresses-tu aux oiseaux ?

— Ils m'emmènent dans leurs voyages.

Elle achève d'enlever la crème de son visage. Je laisse l'encyclopédie devant elle. Je bois mon chocolat. Il est froid. Je n'ai pas envie de le réchauffer. Ma mère feuillette les pages. Son regard est ailleurs. Elle dit avec envie :

— Tu as de la chance, ce sont de beaux voyages.

Je lui ai demandé :

— Tu sais pourquoi les oiseaux aiment se poser sur les arbres morts ?

— Non.

— Parce qu'ils voient tout autour. Ils

peuvent s'envoler dans n'importe quelle direction.

— Tu as trouvé ça tout seul ?

— Je l'ai lu.

Son regard est revenu près de moi.

— Tu m'apprendras à voyager avec eux ?

Je fournis mon excuse :

— Sans jumelles c'est difficile. Le boulanger s'est disputé avec une cliente à cause d'une chauve-souris qui ressemblait à une hirondelle.

Elle prend un miroir. Elle examine le contour de ses yeux. Elle passe un doigt autour. Elle remarque :

— J'ai de nouvelles rides.

Puis :

— Tu auras bientôt treize ans. Je suis de plus en plus en retard.

J'ai regardé la pendule sur le mur de la cuisine sans comprendre.

Je me suis penché à la fenêtre et j'ai ouvert la main. La fleur est tombée lentement.

— Tu vois, Claire, je tiens toujours mes promesses.

Je referme la fenêtre. Jacob a entendu. Il est curieux. Il me demande :

— Qui est Claire ?

— Vous ne la connaissez pas. Elle est partie pour toujours.

— C'est une histoire triste.

La poche d'urine est presque vide. Je remplis un verre d'eau. J'effleure les lèvres de Jacob avec la paille. Il refuse d'ouvrir la bouche.

— Vous ne buvez pas assez. La poche n'est pas remplie.

Je n'ai pas insisté. Jacob m'a demandé un miroir et je lui en ai promis un quand il aurait rempli la poche. Nous sommes restés silencieux un moment, puis j'ai eu la tête lourde et je me suis endormi un instant. Jacob m'a réveillé.

— Dis-moi ce qu'il y avait dans la lettre.

J'ai fait non de la tête. C'était moi qui avais des questions à poser.

— Si vous étiez l'assassin, quel genre de souvenir emporteriez-vous ? Vous prendriez quelque chose sur elles, comme un collectionneur ?

— Tu es sur la bonne piste. Combien de pions reste-t-il sur l'échiquier ?

— Quand il en restera un, je vous le dirai.

Je me suis levé. Je lui ai représenté le verre.

— Si vous voulez que je continue à vous parler, il faut boire.

Il a refusé à nouveau. Il a dit :

— Le verre tremble dans ta main.

Je n'avais aucune raison de lui mentir.

— Ce soir je vais chez Monsieur Kamel.

— Donne-moi un peu d'eau.

Il a aspiré lentement. Je lui ai demandé :

— Vous croyez qu'il est dangereux ?

Il a repoussé la paille avec sa langue, il a souri et m'a pris par surprise :

— Ce n'est pas de Monsieur Kamel que tu as peur. Tu as peur du moment où il n'y aura plus de pion sur l'échiquier.

Je savais ce qu'il sous-entendait par là. Il voulait crâner. Alors j'ai haussé les épaules et j'ai posé mon doigt sur le bouton qui arrêtait le respirateur. Jacob a fermé les yeux. J'ai vu ses lèvres qui remuaient, et au bout de quelques secondes j'ai compris qu'il faisait une prière. Je n'entendais pas ce qu'il disait, mais c'était bien une prière.

— Moi je ne risque rien, lui ai-je dit ; c'est vous qui avez peur de la mort.

Mais le moment n'était pas venu et je n'ai pas appuyé.

Les magasins ont fermé depuis longtemps. Le supermarché aussi. Je vois dans mes jumelles la silhouette de Monsieur Kamel. Avant de monter dans sa voiture il examine les alentours, comme s'il craignait qu'on l'espionne ou qu'on le suive. Il regarde dans ma direction. Je sais qu'il ne peut pas me voir. Je ne bouge pas. Il claque la portière. Il prend son temps avant de démarrer. Je vois ses feux rouges disparaître au tournant. J'ai laissé une lettre en évidence sur le lit de ma mère. Si je disparais, la police saura chez qui frapper. Je patiente cinq minutes au cas où Monsieur Kamel se raviserait.

C'est l'heure.

Je me retourne, et mon cœur rate un battement. Une ombre se tient accroupie. Elle me barre le chemin. C'est le vieux landau sans roues !

Je dois me contrôler ! Je fais des moulinets avec les bras pour m'aider à respirer. Dans un sac en bandoulière, j'ai ma lampe, ma cagoule, mes gants. Dans une poche, trois tablettes de glucose. Par précaution.

L'appartement de Monsieur Kamel est plus petit que le nôtre. J'avance sur la pointe des pieds. J'inspecte un placard. Il contient deux seaux, un balai, un vieil aspirateur, et des produits d'entretien. Je pousse la porte au fond du couloir. Elle se referme derrière moi avec un bruit de ventouse. C'est la chambre de Monsieur Kamel. On ne peut la voir de nulle part. Elle donne sur la rue. Les volets restent fermés, et il ne sort jamais sur son balcon. Ce n'est pas une vraie chambre. Il n'y a pas de lit. Il n'y a pas de meubles, à part un matelas pneumatique au centre de la pièce. Il n'y a rien, sauf sur les murs et le plafond : ils sont couverts de papillons de toutes les couleurs. Il y en a des milliers.

Je me suis allongé sur le matelas et j'ai éteint ma lampe. Les ailes des papillons se sont mises à luire ; c'était plus beau que le ciel lui-même quand l'été on voit toutes les étoiles. Des galaxies brillantes me regardaient, et je circulai entre elles, comme le Surfeur d'Argent dont j'ai une bande dessinée.

J'ai fait un long voyage puis je suis revenu sur terre. J'ai allumé ma lampe et j'ai regardé les papillons de plus près. J'ai essayé de retenir le nom des plus beaux. Je ne savais pas lesquels choisir. A la fin, mes préférés étaient : le papillon de la lune, le sphinx à tête de mort, et Apollon.

J'avais oublié l'heure, et lorsque j'ai quitté la chambre de Monsieur Kamel, j'ai entendu une clé tourner dans la serrure. Je me suis caché dans le placard, derrière le vieil aspirateur.

L'obscurité m'étouffait. J'ai enlevé mon gant droit. J'ai posé deux doigts sur mon cou, là où passe une grosse veine. Je l'ai sentie battre. J'ai essayé de compter, mais elle allait trop vite et je n'y suis pas arrivé ; alors j'ai avalé deux pastilles de glucose au cas où je me mettrais à faire une crise d'hypoglycémie. Un rai de lumière a dessiné le contour de la porte. J'ai prié pour que Monsieur Kamel n'ait pas envie de faire le ménage. J'ai pensé : « Demain matin en rentrant du travail ma mère trouvera ma lettre. La police viendra me délivrer. » Puis Monsieur Kamel a dit :

— Enlève ton manteau.

J'ai supposé que c'était lui ; je ne connaissais pas sa voix par cœur.

Une voix plus jeune lui a fait remarquer :

— C'est petit chez toi.

Ce n'était pas très gentil, mais Monsieur Kamel a commencé à rire. J'ai entendu la porte du réfrigérateur claquer, des bruits de verre, et il a proposé :

— Trinquons à notre rencontre.

L'autre a répondu :

— Je préfère les blondes sans mousse.

Monsieur Kamel a eu un rire bête et il a dit à son ami :

— Moi les blonds avec un beau cul.

Son ami n'a rien dit. Il a demandé à

Monsieur Kamel de lui montrer ses papillons, et Monsieur Kamel a ri de nouveau, mais c'était plus le même rire.

— Après, a dit Monsieur Kamel.

J'ai entendu une série de bruits. Monsieur Kamel et son ami devaient être dans le salon parce qu'ils ne sont pas passés devant moi. L'un d'eux est allé à la salle de bains, j'ai entendu l'eau couler, et je me suis dit que si c'était l'ami de Monsieur Kamel et qu'il venait pour la première fois, j'avais eu de la chance qu'il ne se soit pas trompé de porte. Il y a eu un silence, puis l'ami de Monsieur Kamel a dit tout fort :

— Doucement, mec. C'est la première fois.

Puis Monsieur Kamel s'est mis à crier.

Hier, soir, j'ai quitté l'appartement de Monsieur Kamel sans me faire remarquer. Ce matin, j'ai marché le long d'un terrain vague. Des enfants jouaient au ballon. Je me suis assis sur une pierre. Je les ai regardés. Plus loin, sur un banc, deux femmes contemplaient un tas de sable. Une petite fille faisait des pâtés. L'air sentait le plastique brûlé. Ça arrivait quand le vent soufflait du mauvais côté ; il rabattait sur la ville la fumée des décharges d'ordures. Dans le champ, les enfants s'étaient mis à se bagarrer. Ils se jetaient des pierres. L'une d'elles a frappé la carrosserie d'une voiture en stationnement avec un claquement sec. Un chat a bondi sur le trottoir et s'est enfui. Je me suis levé. Autour de moi les murs ont des graffitis. Sur une façade, il y avait une grande affiche avec la photo d'une cascade et d'un lac dans une forêt. Je me suis arrêté pour la regarder. On voyait un homme et une femme, et aussi trois enfants, en maillots de bain de toutes les couleurs, qui jouaient et qui s'arrosaient en éclatant de rire. C'était pas une publicité pour des vacances, mais pour une marque de machine à laver qui disait que si on achetait cette marque, un jour on serait comme les gens sur la photo, à rire aux éclats dans un endroit inconnu, et on sortirait de l'eau en jouant et en s'arrosant, et nos maillots seraient pareils à des oiseaux de paradis.

J'ai marché sans but précis, en essayant de me souvenir si c'était cette marque de machine qu'ils avaient à la laverie où on allait. Sur le trottoir d'en face j'ai aperçu Madame Vania. Elle revenait du marché. Elle m'a fait penser à un mulet. J'ai enlevé mes lunettes noires. J'ai traversé la rue. Je l'ai aidée à porter ses paquets. Elle a gémi :

— Mes os me font mal.

Nous avons marché côte à côte, et elle a fait des compliments sur moi et sur ma mère qui m'avait bien élevé malgré les difficultés qu'on avait à élever les enfants aujourd'hui, et en plus si on était une femme seule.

Devant l'ascenseur elle a ouvert son sac. Elle a cherché dans son porte-monnaie. Elle a dit :

— Tout travail mérite salaire.

— Je ne peux pas accepter, ai-je dit. Vous êtes une amie de ma mère.

Elle m'a regardé. Je lui ai demandé si elle pouvait m'offrir un verre de lait parce que le nôtre était fini. La porte de l'ascenseur s'est ouverte. Un jeune homme blond est sorti. Il avait le visage enflé et son pantalon était serré. Il nous a fait un signe de tête et je lui ai souri.

Nous avons pris à notre tour l'ascenseur jusqu'au sixième. Les couffins de Madame Vania pesaient lourd ; elle a dit :

— Mets-les sur la table de la cuisine.

Je lui ai posé la question :

— Votre fille n'est pas là ?

Madame Vania a gonflé ses joues et a dit d'un ton excédé :

— Elle dort encore.

Puis :

— Installe-toi au salon. Je t'apporte ton verre de lait.

Je me suis assis sur le divan à la place de Monsieur Vania. Par la fenêtre j'ai vu le toit de l'immeuble d'en face. Je me suis enfoncé dans les coussins. Madame Vania s'affairait dans la cuisine. J'ai pris le verre et la serviette qu'elle me tendait. J'ai fermé les yeux. J'ai bu mon lait à petites gorgées. L'odeur de plastique brûlé s'était accrochée à mes vêtements. J'ai terminé mon lait. J'ai posé le verre. C'était un de ceux que donnait la fabrique de limonade : celui avec les as.

Samedi soir, dans ma chambre, ma mère a fait des mots croisés et j'ai joué aux échecs contre l'ordinateur. Ma mère m'a appris qu'elle était invitée à un mariage. J'ai voulu savoir si moi aussi j'étais invité mais elle m'a dit que c'était pour les grands seulement. Elle a ajouté :

— Je n'irai pas. Les mariages me rendent triste.

Je lui ai demandé pourquoi elle ne s'était jamais remariée ; elle a posé son journal pour réfléchir avant de répondre :

— Quand tu étais plus petit, peut-être. Maintenant…

— Quoi, maintenant ?

Elle m'a regardé comme si j'étais la réponse.

— Ça n'a rien à voir avec moi. Tu dis toujours : J'attends l'homme de ma vie.

— Moi, je dis ça ?

— Je t'ai entendue.

Elle a rougi.

— Tu as l'oreille fine.

J'ai retroussé les manches de mon pyjama.

— Il ressemble à qui, l'homme de ta vie ?

Ma mère n'a pas répondu.

— Ç'aurait pu être Jacob ?

Elle a fixé le mur, puis les motifs du couvre-lit qui étaient tous des petits personnages de Disney.

— Oui, ç'aurait pu être Jacob.

Elle a repris ses mots croisés. L'ordinateur a affiché : Echec, et j'ai sacrifié ma reine pour retarder ma défaite. Un moment après, ma mère a dit tout haut :

— Papillon ou dieu grec, en sept lettres.

C'était facile. J'ai attendu quelques secondes, et j'ai annoncé fièrement :

— Apollon.

Je l'ai vue écrire, puis elle a levé les yeux. Elle s'est mise à rire, et elle riait d'une telle façon que je me suis levé et je l'ai embrassée parce qu'elle n'avait plus peur, et que maintenant elle était convaincue pour toujours que les docteurs s'étaient trompés.

Le mardi de la dernière semaine de vacances, je me suis préparé pour la visite de la fille Vania. Ma mère dormait profondément ; c'était l'heure de sa sieste, et nous avions repris quelques-unes de nos anciennes habitudes. J'avais tiré les rideaux de la chambre de Jacob ; je lui avais laissé ses lunettes noires et j'avais allumé une bougie. La fille avait dix minutes de retard quand j'ai entendu ses talons s'arrêter devant la porte. Elle a frappé, j'ai ouvert ; elle a hésité à entrer en me disant qu'elle ne savait pas, et qu'elle devait rejoindre sa mère chez le coiffeur. Je l'ai invitée, et elle a dit : « Dix minutes. » Sur le moment j'ai été ennuyé qu'elle ne reste pas plus longtemps, mais j'ai pensé qu'elle filerait sans remonter chez elle. Dans la chambre, quand elle a découvert Jacob, j'ai vu qu'elle était impressionnée. Avec ses lunettes noires et la bougie, on aurait dit un mort ou un vampire attendant le coucher du soleil. J'ai apporté un Coca à la fille Vania pour qu'elle se sente plus à l'aise et je l'ai fait asseoir en lui jurant que je revenais tout de suite, et que j'avais parlé d'elle à Jacob et qu'il était heureux de faire sa connaissance.

— Il dort maintenant, ai-je ajouté ; il va se réveiller dans deux ou trois minutes et il sera content de te voir. Il va pas te bouffer.

Je suis repassé une demi-heure plus tard, la fille était partie, mais Jacob était réveillé et il m'a remercié, parce que lui, il l'avait trouvée pas mal.

Je lui ai dit :

— Sa robe était nulle.

Il a dit :

— Je n'ai pas remarqué.

Je voulais lui demander des détails sur ce que la fille Vania lui avait fait, mais il m'a interrompu brutalement :

— Qu'est-ce que tu caches dans ton dos ?

— Un verre.

Il a paru moins inquiet. Je l'ai trouvé bizarre, agité. Pourtant, il n'était pas parti dans un de ses voyages.

— Où étais-tu ? m'a-t-il demandé.

— Chez les Vania.

J'ai allumé la lampe de chevet. J'ai posé le verre sur la table de nuit.

— C'est lui, c'est le verre de la chance.

Les quatre as brillaient dans la lumière de l'ampoule, et Jacob comprenait que je touchais au but. Pour lui aussi l'échéance se rapprochait. Il m'a dit avec un air sombre :

— Tu es tout près de découvrir l'assassin.

Il ne se trompait pas. Je devais l'apprendre la nuit même.

Ma mère a regardé le carnet où je note mon taux de sucre. Son front est soucieux. Elle a constaté qu'il y avait trop de variations dans la même journée. Alors, nous avons repris le bus et nous sommes retournés chez le médecin. Pendant le trajet, ma mère a gardé le même air sévère et triste alors que j'essayais de la faire sourire avec des grimaces.

Le docteur nous a reçus, et j'ai décidé de compter le nombre de fois où il allait se rincer les mains avec de l'alcool. Il a examiné le carnet ; il m'a interrogé ; il a revu les pages du carnet, et a conclu après s'être rincé trois fois les mains :

— Ces variations sont récentes.

Il s'est tourné vers ma mère.

— Des problèmes à la maison ?

Ma mère a tendu la main et m'a caressé la joue.

— Nous nous entendons très bien tous les deux.

Le médecin a demandé :

— Votre vie est bien réglée ?

Nous avons hoché la tête, et ma mère a enfin souri. Le docteur nous a rappelé que les habitudes, c'était primordial pour un enfant diabétique.

Il nous a demandé ensuite si aucun événement extérieur n'était venu affecter ma sensibilité. Ma mère m'a regardé. J'ai haussé les épaules.

Elle a dit au médecin :

— Mon fils tient compagnie quelques heures par jour à un voisin tétraplégique.

Le médecin a levé les yeux au plafond ; il a froncé les sourcils et a grimacé. J'espérais qu'il allait se frotter les mains à l'alcool, mais il ne l'a pas fait.

— C'est absolument nécessaire ?

Il s'adressait à ma mère. Elle s'est tournée vers moi pour que je réponde.

— Je lui raconte des histoires. Il s'ennuie.

Le médecin a tapoté le bord de ses lunettes avec un crayon, puis il s'est adressé de nouveau à ma mère :

— J'aimerais vous parler en tête à tête.

En sortant de chez le médecin nous sommes allés nous asseoir dans un café. Ma mère a mis un morceau de sucre dans son thé et elle l'a regardé fondre. Je n'ai rien voulu prendre. J'ai la tête ailleurs. Je sais pourquoi mon taux de sucre n'est pas régulier, mais je ne peux pas l'expliquer à ma mère. C'est avec moi que le docteur aurait dû parler seul à seul ; je lui aurais peut-être tout raconté, bien que je ne l'aime pas beaucoup.

Ma mère prend sa tasse et souffle dessus. Je demande :

— Qu'a dit le médecin ?

— Il a peur des complications. Tu dois faire de nouveaux examens.

Ma mère a continué à me parler, mais je n'entendais plus sa voix. Je regardais les tables voisines. Deux vieilles mangeaient des gâteaux en faisant des miettes sur leurs manteaux. Une fille et un garçon s'étaient penchés l'un vers l'autre et s'embrassaient. Le garçon m'a fait un clin d'œil.

— Zacharie ! Tu m'écoutes ?

Je suis revenu dans la salle. Ses yeux noirs me fixaient.

— Si tu n'y mets pas du tien, nous n'y arriverons jamais, a-t-elle dit, au bord des larmes.

J'ai baissé la tête. Ce qui m'entourait s'est évanoui. Je distinguais une ombre sur un lit d'hôpital. L'ombre portait des lunettes noires. Une femme lui touchait le visage. L'ombre ne voyait rien. Elle était aveugle.

Ma mère m'a relevé le menton. J'ai embrassé sa main ; sa paume était chaude et ses doigts glacés.

Elle m'a dit :

— Le médecin veut que tu cesses de voir Jacob, pour l'instant.

Ça ne changeait plus grand-chose pour Jacob et pour moi. Les vacances se terminaient ; l'enquête était finie. J'étais un peu étourdi par tout ce monde dans cette salle close. Je lui ai demandé :

— Je peux attendre la fin des vacances pour ne pas lui faire de peine ?

— D'accord, mon chéri. Il reste trois jours, a conclu ma mère.

En revenant de chez le médecin, nous avons pris la place du masseur qui n'était pas content à cause de notre retard, et qui nous a dit qu'on le payait pas pour faire le garde-malade. Nous nous sommes occupés de Jacob. Il avait faim. Il a mangé toute sa viande hachée et sa purée, puis ma mère lui a lu les nouvelles de la veille, et elle est partie se coucher. Jacob m'a demandé si tout allait bien, et je lui ai dit qu'il n'avait pas de souci à avoir. Le docteur nous avait rassurés.

Puis j'ai abordé le sujet.

— Hier soir, j'ai fait un rêve.

Il a dit :

— Les rêves sont des fenêtres.

J'ai sorti l'échiquier de ma poche. Je l'ai posé sur le lit.

— Il ne reste qu'un pion, a remarqué Jacob ; et il est blanc.

J'ai secoué la tête.

— Finalement, il est noir.

Jacob a fait alors cette curieuse remarque :

— Ça dépend de celui qui le regarde.

Puis il a voulu que je lui raconte mon rêve. J'ai bu un verre d'eau, j'ai allumé la lampe de chevet et je l'ai recouverte d'un chiffon parce que j'avais mal aux yeux.

— C'est un rêve étrange.

J'avais parlé pour moi-même, mais Jacob a insisté en disant que tout rêve avait une explication et qu'il pouvait m'aider à la trouver. Je lui ai dit que ce n'était pas nécessaire parce que je savais maintenant qui était l'assassin. Il m'a répondu :

— Si tu sais qui est l'assassin, moi je vois le bout de la Vallée. Raconte ton rêve.

Je me suis rendu compte que j'avais oublié mes lunettes à la maison. J'ai pris les siennes.

— Au début, il y a cette montagne qui cache le ciel.

Jacob a dit :

— Tous les rêves commencent par une montagne.

Je lui ai demandé poliment de ne pas m'interrompre et j'ai continué.

— Au fur et à mesure que je grimpe, la montagne devient plus petite. Bientôt je suis plus grand qu'elle et le sommet se transforme en échiquier. Je vois mon reflet et mon ombre sur les cases. Je porte une armure de chevalier. Je lève la tête pour regarder d'où vient la lumière. Il y a trois soleils. Un enfant à tête d'oiseau s'approche. Il n'a ni reflet ni ombre. Il me prend par la main.

— De quelle couleur est ton armure ?

— Elle est blanche. Nous avançons. Des soldats s'écartent sur notre passage. L'enfant à tête d'oiseau dit : Ne croise pas la route du fou. Nous marchons longtemps. Les pieds de l'enfant sont recouverts d'écailles. Nous arrivons à la dernière rangée de cases. Un homme est assis sur une chaise. L'enfant à tête d'oiseau dit encore : C'est le roi. L'homme n'a qu'une main ; ses cheveux sont de trois couleurs : rouge, blanc, et jaune. Son visage est sans forme. La reine est près de lui. Elle est en pierre. Sur la pierre un œil est dessiné. Le roi dit : Je suis ton père. Regarde derrière toi. Je me retourne. L'enfant à tête d'oiseau a disparu. Devant moi, il y a un fou blanc. Je sais que c'est un fou à cause de son habit. Il danse. Il tourne en rond les bras tendus. Il a un casque. Le roi dit encore : C'est un rêve dans un rêve. Le fou a trois têtes. Je m'approche du fou pour enlever son casque. Je me rappelle ce qu'a dit l'enfant à tête d'oiseau. Je recule. Le roi dit au fou : Retire ton casque. Le fou obéit. Il a trois têtes. Trois têtes de femmes. Elles crient. Je n'entends rien. Les trois soleils deviennent noirs. Le roi se lève. Il a deux mains à présent. Je vois son visage. Quelqu'un me saisit le bras. C'est l'enfant à tête d'oiseau. Il m'entraîne. La montagne grandit. Je ne suis plus qu'un minuscule point sur l'échiquier. L'enfant à tête d'oiseau me lâche et il me dit : Ne crains pas le roi. Tu es sur une case blanche, puis il disparaît dans le ciel.

J'ai enlevé les lunettes noires. Nous nous sommes regardés.

— Vous voulez savoir qui est le roi ?

Ce n'est pas ce qui l'intéressait. Il avait vu autre chose dans mon rêve, et c'est de ça qu'il voulait parler.

— Je sais maintenant ce qu'il y a après la Vallée, m'a-t-il dit.

J'ai essayé de deviner, mais c'était impossible parce que nous étions sur des chemins différents, et que maintenant je pensais à l'accord que nous avions et sur lequel il n'était pas question de revenir.

— Il n'y a plus d'ombre après la Vallée, a-t-il murmuré. Les hommes sont mi-enfants, mi-oiseaux.

Et il a souri. J'ai compris qu'il n'avait plus peur.

Nous avons dîné d'une soupe de légumes avec du poulet. Le pain chauffé au four a fait des miettes sur la table. Ma mère a bu du vin avec son fromage. Comme dessert j'avais des pêches cuites dans de l'eau et du jus de citron. J'ai dit à ma mère que je préviendrais Jacob le lendemain ; c'était le troisième trimestre et je devais rattraper mon mauvais bulletin. Elle a hoché la tête et pris son verre. Depuis quelque temps, elle boit du vin le dimanche soir. Elle était convaincue que tout était sa faute, et qu'elle n'aurait jamais dû accepter que je m'occupe de Jacob. J'ai goûté un morceau de pêche. Il était acide. « Les fruits ne mûrissent plus sur les arbres », répète la caissière du supermarché quand son chef ne l'entend pas. Aujourd'hui j'ai acheté une bouteille de limonade et j'ai demandé à la caissière comment la voyante savait que le verre avec les quatre as portait chance.

La caissière m'a dit :

— C'est pour ça qu'elle est voyante.

J'ai bu le jus dans lequel les pêches avaient cuit. Ma mère m'a fait remarquer :

— Ne fais pas de bruit en aspirant. Prends une paille.

Puis :

— J'ai eu tort de faire revenir Jacob ici.

J'ai pris une paille. J'ai fait des bulles dans mon bol.

— Qu'y a-t-il après la Vallée de l'Ombre de la Mort ?

Ma mère s'est effondrée en pleurs, mais je crois que c'était surtout à cause du vin qu'elle avait bu et qui la rendait triste.

— Avant, tu ne m'aurais jamais posé cette question.

Elle a vidé son verre et ajouté :

— C'est ma faute.

J'ai voulu savoir si, quand on devient aveugle, on va aussi dans la Vallée.

— Qui parle de devenir aveugle ? Nous mènerons une vie plus régulière et tout se passera bien. Je vais demander une garde de jour à la maternité.

J'ai ri, et je lui ai fait remarquer :

— Les bébés crient tout le temps.

Elle a souri, pleuré, souri de nouveau, et dit :

— Je préfère leurs cris au silence.

— Moi, j'aime bien le silence.

Elle a terminé son fromage et regardé le niveau de la bouteille de vin.

— Ce n'est pas le même silence, Zacharie,

a-t-elle dit d'une voix enrouée ; ce n'est pas le même silence.

Elle a remis le bouchon et rangé la bouteille de vin dans le buffet.

Je rentre de l'école. L'air ne sent plus le plastique brûlé. Sur les arbres quelques feuilles ont poussé. Je caresse les troncs. L'écorce est lisse avec des boursouflures. Les gens ont laissé des cicatrices en gravant leurs noms. En face du tas de sable, une silhouette se tient droite sur le banc. Je me suis approché. J'ai reconnu l'Etranger. Je me suis assis à l'autre bout du banc. Entre nous il y a un pain entouré d'un morceau de papier. L'Etranger ouvre la main. Le sable qu'il tient ne s'écoule pas. Il reste pressé entre ses doigts.

J'ai dit :

— Vous ne travaillez pas aujourd'hui ?

Il porte les mêmes vêtements. La fermeture Eclair de son deuxième bottillon est cassée.

— L'usine a fermé.

Je me suis penché. J'ai pris moi aussi une poignée de sable. Il était rugueux et humide. J'ai demandé à l'Etranger :

— Pourquoi vous ne m'avez pas dénoncé l'autre soir ?

Il ne m'a pas répondu. J'ai ajouté :

— Qu'est-ce que vous allez faire ?

Une hirondelle a traversé le ciel. L'Etranger a jeté le sable qu'il tenait dans sa main et a dit :

— Je vais regarder la mer.

Je lui ai fait remarquer que la mer était tellement loin, et que moi je ne l'avais jamais vue. Elle pouvait être froide et coupante, et aussi tiède et visqueuse.

Il s'est tourné vers moi.

— Ferme les yeux et tu la verras.

J'ai pensé qu'il devenait fou mais j'ai fait comme il disait.

L'Etranger parle.

Il parle des falaises et des plages. Il parle des empreintes que le vent efface. Il parle du sable plus chaud que le soleil. Il parle des poissons, et des méduses, et des algues que les courants nouent en tresses sombres. Il parle du bleu et du vert. D'un coup, je me suis mis à crier :

— Elle est là, devant moi. Je la vois ! Elle brille !

Et c'était vrai. Je la voyais.

Puis l'Etranger a parlé du corps que les vagues roulent sur la grève. Il parle des yeux qui restent à jamais fermés.

J'ai rouvert les miens L'Etranger a tendu le bras.

— Garçon s'est noyé là-bas, là où la mer est plus blanche.

Puis il s'est levé et a ajouté :

— Tu es encore un enfant, voilà pourquoi je n'ai rien dit.

L'Etranger est parti. Il a oublié son pain sur le banc. Au milieu du tas de sable, le manche jaune d'une petite pelle dépasse comme une main.

Il est tard. Je suis dans mon lit. J'ai les yeux fermés. Je ne dors pas.

Je serre dans la main le verre que j'ai pris chez les Vania. Mon oreille est collée à la cloison. J'entends le souffle de Moby Dick. L'enfant à tête d'oiseau a dit : « Ne crains pas le roi. Tu es sur une case blanche. »

Je pense aux paroles de Jacob : « Si tu sais qui est l'assassin, moi je vois le bout de la Vallée. »

Comme elle n'a pas très confiance en moi, ma mère a pris les devants avec Jacob. Elle lui a dit :

— Zacharie vient te dire au revoir. Les vacances sont finies.

Elle a quitté la pièce, et je suis resté seul avec Jacob. J'ai posé mon cartable sur la chaise près du lit. J'avais dans la tête ce que m'avait dit l'Etranger, que j'étais toujours un enfant.

— Je suis un enfant. Pourquoi moi ?

Jacob est resté silencieux. Au bout d'un moment il a dit :

— Tu es le seul à connaître l'assassin.

Je n'ai pas su quoi répondre.

— Joue ton dernier coup, Zach ! Le roi sera échec et mat.

J'ai pris mon cartable. Je me suis dirigé vers la porte. Je ne pouvais plus faire marche arrière. Il n'y avait pas d'autre sortie au tunnel. J'ai fait demi-tour dans une dernière tentative :

— Et ma mère ?

Jacob avait réponse à tout.

— Nous en avons déjà parlé. Elle ne risque rien.

J'ai demandé tout bas :

— Quand ?

Je n'avais pas dit ça pour crâner, mais au fond de moi-même j'espérais qu'il allait se dégonfler.

— C'est pour ce soir.

A sa voix, j'ai su qu'il ne reviendrait pas sur sa décision.

Ma mère est partie pour l'hôpital. J'ai sonné à la porte de l'appartement de Jacob. La garde de nuit m'a ouvert.

— Qu'y a-t-il, Zacharie ?

— On vous demande au téléphone. C'est urgent.

Elle a paru étonnée.

— C'est un médecin de l'hôpital. Il n'avait pas le numéro ici.

Elle n'a pas hésité longtemps.

— J'y vais.

— Dépêchez-vous ! J'ai laissé la porte ouverte.

Je l'ai vue pénétrer dans notre appartement. Je suis entré chez Jacob. J'ai fermé le verrou intérieur. J'ai aussi fermé la porte de sa chambre.

Jacob a ses lunettes noires. La garde de nuit a laissé son livre ouvert sur la chaise. La veilleuse est allumée. Je me suis assis sur le bord du lit et j'ai dit à Jacob :

— Moby Dick est blessée à mort.

— J'entends son souffle, a murmuré Jacob. Il est devenu rauque.

Il a voulu savoir qui était le roi dans mon rêve.

— Qui est le roi, Zach ? Monsieur Kamel ?

— Il n'arrêtait pas de crier. Son ami aussi. Ils n'ont pas fait attention à moi. Ce n'est pas lui.

— Qui alors ? L'Etranger ?

— L'Etranger a un fils qui s'est noyé. Il danse sans musique. Ce n'est pas lui non plus.

— Je parie que c'est Monsieur Razori.

J'ai sorti de ma poche la lettre que j'avais prise dans l'armoire de Monsieur Razori.

— La nuit où la troisième femme a été tuée, lui ai-je appris, Monsieur Razori était à une réunion de vieux soldats. Ils lui ont écrit pour le remercier de s'être déplacé malgré les vers dans ses pieds.

— Monsieur Mazuz bat sa femme. C'est sûrement lui.

Alors, j'en ai eu assez. J'ai levé la main.

— Arrêtez ! Vous êtes mon seul ami. Finissons-en !

Brusquement, je me suis levé. J'ai écarté les bras. Je me suis mis à tourner dans la pièce. J'ai battu des ailes et j'ai dansé. J'ai fait le papillon, l'hirondelle, l'étourneau, tous les oiseaux que je connaissais. Je volais. Je n'étais plus ici mais très loin, si loin. J'étais dans les galaxies avec le Surfeur d'Argent ; je traversais Alpha du Centaure, une armée de papillons m'accompagnait. Mon cœur battait de plus en plus fort, et il n'était plus dans ma poitrine, il était au-dehors, dans l'espace, blanc et rouge comme le soleil ; et le ciel s'est déchiré sur toute son étendue pour laisser pleuvoir des larmes, et quand j'ai cessé de tournoyer Jacob a dit dans un souffle :

— Tu danses pour Garçon ?

J'ai essuyé les larmes sur mes joues.

— Non, pour vous.

— C'est le moment, a-t-il dit. Les oiseaux n'ont jamais été aussi nombreux. N'oublie pas l'enveloppe.

J'ai appuyé sur le bouton. La baleine a plongé. J'ai compté les secondes sur ma montre. Jacob ne priait pas, il souriait. A quarante-cinq, je me suis penché et j'ai chuchoté à l'oreille de Jacob :

— Je vous attendrai un jour sur la montagne. N'oubliez pas !

La baleine descend. Elle va de plus en plus profond. Elle va dans le silence. Elle entraîne Jacob vers un autre royaume. Elle ne remontera plus jamais.

La garde de la nuit a frappé de toutes ses forces à la porte de l'appartement, et je me suis assis par terre, je me suis bouché les oreilles et j'ai hurlé.

Jacob était arrivé là où il voulait aller.

J'ai pénétré dans cette pièce pour la deuxième fois. Sur la porte il y a écrit : « Juge des enfants ».

Le juge était assis derrière son bureau. C'est une femme avec des cheveux blancs et des lunettes. Elle me regarde avec curiosité. Hier, elle nous a dit que pour l'instant nous n'avions pas besoin d'avocat parce qu'il n'y avait pas encore d'inculpation. Elle nous préviendra si ça s'avère nécessaire. Elle nous a invités poliment à nous asseoir. A part nous, il y a trois hommes dans la pièce. Deux médecins, le nôtre et celui de l'Administration ; à cause de ma maladie le juge doit faire attention ; et il y a aussi Costanzo, le policier qui a rendu visite à Jacob. Il s'est lavé les cheveux.

Le juge a jeté un regard aux deux docteurs, puis a demandé :

— Zacharie, c'est toi qui as arrêté le respirateur de Jacob ?

Hier, je suis resté muet. La femme derrière le bureau a tout son temps. Elle n'a rien d'autre à faire que me poser cette question. Ma mère aussi me l'a posée cent fois. Je lui ai dit de ne pas s'inquiéter. Ma mère ne risque rien ; ce n'était pas son tour de garde. Je suis sur une case blanche. Je n'ai pas peur. J'ai regardé le juge dans les yeux et j'ai annoncé :

— C'est moi qui l'ai débranché.

Notre docteur a dit tout fort qu'il nous avait prévenus. Le perroquet s'est approché du bureau du juge et je l'ai entendu murmurer que c'était un meurtre. Le juge lui a fait signe de sortir de la pièce. Sur la chaise près de moi, ma mère s'est mise à pleurer. Alors, comme je ne voulais pas que les autres la voient comme ça, j'ai crié :

— Arrêtez ! Ma tête me fait mal.

Les docteurs ont rassuré le juge en disant que j'avais eu une réaction de peur et que ma tension et mon sucre étaient normaux. Le juge a paru soulagé. J'étais content qu'elle ait fait sortir Costanzo. Ma mère a relevé la tête. Ses larmes ne coulaient plus. Ça ne voulait rien dire. Elle pleurait à l'intérieur. Je le savais. J'ai évité de la regarder. C'est pour elle que j'avais fait tout ça. Je le lui expliquerais. Le juge m'a demandé si j'avais toujours mal à la tête, et je lui ai dit que c'était fini.

— Tu veux me raconter comment ça s'est passé ?

J'ai levé le doigt.

— Je peux venir à votre bureau ?

Elle m'a donné la permission. Je me suis avancé jusqu'à toucher le bureau. Je me suis penché. J'ai dit tout bas au juge que j'étais prêt à tout raconter mais que je ne voulais pas que ma mère entende. Le juge a cligné des yeux et m'a dit que je pouvais retourner à ma place.

On m'a envoyé dans une pièce pendant que le juge expliquait à ma mère que tout ce que j'allais dire hors de sa présence n'avait pas de valeur parce que j'étais mineur, et que c'était moi qui ne voulais pas qu'elle y assiste. A midi, on m'a apporté un plateau avec un morceau de viande dure, des petits pois froids, et une banane ; pas une que j'aime : celle-là était petite avec des taches marron. J'ai dit que je pouvais pas manger ma viande à cause de mon appareil parce que les morceaux allaient s'accrocher, et que je n'avais pas ma brosse à dents, et que le dentiste ne serait pas content. Je leur ai dit aussi pour la banane. Alors ils m'ont apporté de la soupe chaude et un yaourt. J'avais un peu mal au cou d'être resté appuyé longtemps sur le dos de ma chaise, alors j'ai mangé debout.

Quand je suis revenu dans le bureau du juge, notre docteur était parti mais celui de l'Administration était resté. On m'a dit que ma mère se reposait à l'infirmerie du tribunal. Le juge a regardé le médecin. J'ai dit que je me sentais bien, mais le juge a insisté pour qu'il reprenne ma tension de temps en temps. Une jeune femme s'est mise à taper sur une machine et ça faisait comme un message en morse.

J'ai terminé de parler. J'ai demandé un verre d'eau parce que j'avais soif. Le juge écrit encore avec un stylo au capuchon noir ; le docteur de l'Administration écrit aussi ; en fait je crois qu'il dessine pour ne pas s'ennuyer. Ça a duré un moment, j'ai eu le temps de finir tranquillement mon verre d'eau, puis le juge a levé les yeux, et elle m'a observé par-dessus ses lunettes.

— Tu as arrêté le respirateur parce que Jacob te l'a demandé ?

Je ne distinguais pas très bien son visage. J'avais déjà répondu trois fois à cette question.

— Oui, madame.

— A cause du secret que vous aviez tous les deux.

Ce n'est pas ce que j'avais dit. J'ai levé le doigt.

— C'est lui qui avait un secret, pas moi.

Elle s'est remise à écrire, puis sans lever la tête elle a dit d'une voix qui montrait qu'elle ne me croyait pas :

— Je vois. Le mystérieux secret de Jacob.

Elle attend. Je les regarde tour à tour, le docteur qui ne dessine plus, la jeune femme qui s'est arrêtée de taper, et le juge qui a enlevé ses lunettes : ils attendent tous. Alors je patiente quelques secondes, puis quelques secondes encore, et je leur dis :

— C'est Jacob l'assassin, c'est moi qui l'ai découvert, et je peux le prouver.

Mes mots se sont envolés dans le silence et ils ont ricoché sur les murs et ils sont revenus jusqu'à eux, et ils se sont tous regardés et ils n'ont rien trouvé à répondre. Et comme rien ne bougeait dans la pièce, et que j'étais content que ce soit la fin, je me suis levé et je me suis adressé au juge :

— Retournons à l'appartement, je vous montrerai.

Un agent en uniforme nous a ouvert la porte de l'appartement de Jacob. En arrivant devant l'immeuble, j'ai aperçu Monsieur Faye, son éternel seau et son chiffon à la main. Je lui ai fait un signe. Costanzo est resté dans la cour, sur ordre du juge.

Ma mère n'est pas avec nous ; elle se repose. Un médecin lui a donné des cachets. Au fond du couloir, Madame Vania vient aux nouvelles. Une femme policier lui fait signe de repartir. Le docteur de l'Administration se baisse. Ses yeux sont à la hauteur des miens. Il me demande si j'ai de la difficulté à respirer ; mon cœur bat un peu plus vite que d'habitude, mais j'ai hâte d'en finir. Je lui dis que tout va bien et que ça ira moins bien si on fait traîner les choses.

Nous entrons, accompagnés de deux policiers en uniforme. Le juge est derrière moi. Je n'apprécie pas son parfum ; elle a dû s'en asperger avant de partir. Je n'aimerais pas mettre mon nez dans son cou pour chercher un coin de paradis. Je les emmène directement dans la cuisine.

Des bouteilles d'eau minérale sont rangées dans un coin. J'ai soif, je veux en prendre une, mais le juge me prévient :

— Ne touche à rien.

Je dis simplement :

— Derrière le placard bleu.

Le juge a collé son visage au mur.

— Je vois quelque chose.

Elle a pris une paire de gants de policier dans son sac. Elle a demandé aux deux agents d'écarter le placard du mur. Une enveloppe grise est tombée. Le juge l'a ramassée et s'est tournée vers moi :

— Dedans il y a la preuve, lui ai-je dit. C'est tout.

Elle a hoché la tête. Elle nous a fait signe de quitter l'appartement.

— Retournons à mon bureau, nous a-t-elle ordonné.

Le médecin de l'Administration lit un journal. J'ai sorti mon échiquier. Je joue contre moi-même. Au milieu de la partie un homme arrive dans la salle d'attente et dit :

— Madame le juge vous attend.

Sur le bureau du juge la lampe était éclairée. Le juge m'a fait un grand sourire. Elle me croyait maintenant.

— Zacharie, tu sais ce qu'il y a dans l'enveloppe ?

J'ai fait non de la tête. Elle a enlevé ses lunettes. Elle se frotte les yeux.

Je lui pose la question :

— Qu'est-ce qu'elle contient ?

La jeune femme qui enregistre envoie le message en morse. Le juge n'a pas répondu. Elle remet ses lunettes. Je comprends qu'ici c'est elle qui pose les questions et les autres qui répondent. Mais je sais jouer aux échecs.

— Jacob t'a indiqué où elle était ?

— Oui, madame.

Elle se lève et vient s'asseoir sur une chaise de l'autre côté du bureau.

J'ai tourné un peu la mienne pour l'avoir en face de moi.

— Comment sais-tu que Jacob était un assassin ?

Là, je n'ai pas de mal à lui répondre.

— C'est lui qui me l'a dit. Il m'a dit aussi que l'enveloppe contenait la preuve et que je devais montrer à la police où elle était.

Le juge m'a pris gentiment la main. La sienne était douce, mais c'était pas une vraie douceur ; pas comme celle de ma mère, ou celle de Claire.

— Essaye de te rappeler tout ce que Jacob t'a dit. Si tu peux, m'a-t-elle demandé.

Le matin un merle vient sur le rebord de la fenêtre. Avant moi, quelqu'un devait lui donner à manger. Les docteurs me gardent dans un hôpital pour enfants. Ma chambre donne sur un parc ; des enfants en robe de chambre se promènent. Ils ont des bandages autour de la tête et certains n'arrivent pas à marcher. D'autres sont assis dans des chaises roulantes.

Je ne peux voir ma mère que deux heures par jour. Nous restons assis la main dans la main. Nous préférons ne pas parler. Nous regardons le parc et les malades. Nous attendons de retrouver nos habitudes. Nous attendons d'oublier.

Les docteurs ont fait un examen de mon cerveau. Ils m'ont injecté un produit qui donne envie de vomir, puis ils m'ont mis dans un tube avec les bras repliés comme un mort ou un astronaute. Quand je suis sorti du tube, un des docteurs a dit :

— Un vaisseau sanguin a dû se rompre à ce moment-là.

J'ai raconté mon histoire à des médecins qui se parlent en hochant la tête. Je la connais par cœur, c'est celle que j'ai racontée au juge ; mais ce n'est qu'une partie de l'histoire.

Après, ils me posent des questions sur ma mère, sur mes premiers souvenirs. Ils me posent des questions sur le respirateur. Nous parlons aussi de Dieu, de la Bible, de Jacob et Zacharie, et de la Vallée. Je fais des dessins que les docteurs examinent en essuyant leurs lunettes. A la fin, ils posent toujours la même question :

— Qu'est-ce que Jacob t'a dit avant que tu arrêtes son respirateur ?

Je leur réponds :

— « C'est le moment. Les oiseaux n'ont jamais été aussi nombreux. »

Ils disent :

— Tu avais mal à la tête ? Essaye de te souvenir.

Je leur explique que je dois quitter l'hôpital parce que j'ai fait une promesse à Claire, et qu'à cause d'eux je ne la tiens pas.

Je suis dans cette chambre depuis quatre jours et je prends mon petit déjeuner quand le juge entre avec ma mère et un docteur. Ma mère reste au fond de la chambre, près de la fenêtre qui donne sur le parc.

Le juge serre la main que je lui tends et m'annonce :

— J'ai une bonne nouvelle pour toi, Zacharie. Tu peux quitter l'hôpital.

Le docteur dit :

— Nous n'avons pas terminé les examens psychiatriques.

— Ce n'est plus de mon ressort, dit le juge. L'affaire est classée. Le reste regarde la famille.

Ma mère ne dit rien. Elle contemple le paysage par la fenêtre.

Je demande au juge :

— Qu'est-ce qu'il y avait dans l'enveloppe ?

— Trois mèches de cheveux.

Je lui dis que je m'en doutais.

— Les mèches de cheveux sont de couleur différente. Elles viennent des trois femmes assassinées.

Le juge est étonné.

— Je croyais que tu l'ignorais. Jacob te l'a dit ?

Je souris.

— Non, je l'ai vu dans mon rêve. Les cheveux du roi étaient de trois couleurs, et l'assassin était un collectionneur.

Le juge a haussé les épaules. Elle a quitté la chambre en s'excusant parce qu'elle avait beaucoup de travail.

Ma mère a des lunettes noires. Elle a dû beaucoup pleurer. Elle ne porte jamais de lunettes noires. Je lui ai fait signe que tout allait bien.

Son menton tremble quand elle dit au docteur :

— Je préfère qu'il l'apprenne maintenant. Je vous laisse avec lui.

Le docteur s'assied sur mon lit. Dans la poche de sa blouse, il a des stylos avec des capuchons de toutes les couleurs. C'est le chef des psychiatres.

Il me demande :

— Tu sais pourquoi tu es là, Zacharie ?

Je répète ce qu'on m'a expliqué :

— On n'a pas le droit d'ôter la vie à un malade, même s'il le demande et même si c'est un assassin.

Le docteur approuve mais il ne sourit pas.

— C'est en partie pour ça, mais il y a autre chose.

Il se lève. Il va vers la fenêtre Il revient vers moi.

Je pense : « Ils ont appris pour la clé de Jacob. Ils savent que je l'ai utilisée pour aller chez les gens. » Je demande au docteur s'il a vu l'Etranger ; il secoue la tête et m'assure qu'il n'a jamais entendu parler de l'Etranger.

Il prend une profonde inspiration comme s'il allait nager sous l'eau. J'attends. Il me regarde bizarrement.

— Le problème dans toute dans ton histoire, Zacharie, c'est Jacob.

— Quoi, Jacob ?

Il continue à me regarder. Il s'assied près de moi. Il se décide enfin.

— Jacob ne parlait pas.

Je ne comprends pas ce qu'il veut dire.

— C'est pas vrai ! Il parlait avec moi !

Le docteur s'est rapproché. Son visage est tout près du mien.

— Non, Zacharie, il ne parlait pas avec toi ; ni avec qui que ce soit d'autre, d'ailleurs. Il ne *pouvait* pas parler, tu comprends. Ses cordes vocales étaient broyées !

Il attend ma réaction. Je m'écarte de lui. Je crie pour qu'il comprenne que je l'ai deviné

— Vous mentez ! Je le lis dans vos yeux !

Il ouvre la bouche. Je ne veux plus entendre ses mensonges, alors je me bouche les oreilles et je me mets à hurler.

Dans un coin de ma chambre, le petit sapin que le fleuriste m'a donné n'est pas éclairé. J'ai fixé notre ange au sommet, mais il ne clignote plus ; les ampoules ont brûlé et je ne les ai pas remplacées. J'ai jeté du coton sur les branches pour rappeler la neige.

Demain c'est Noël.

Dans ma boîte à chaussures, à côté de mon vieux cahier, j'ai rangé la page des mots croisés où j'avais aidé ma mère ; celle où j'avais trouvé Apollon.

J'ai regardé la pendule au mur de la cuisine. C'est l'heure. Je descends lentement les escaliers en m'aidant de ma canne. L'ascenseur ne marche plus. Les nouveaux propriétaires de l'immeuble ont refusé de le réparer. Ils attendent que les derniers locataires meurent ou quittent les lieux. Jacob, lui, est mort il y a dix-sept ans.

Dans la rue, tout a changé. Sauf l'hiver et le froid. Le carrefour a été agrandi. Le marchand de journaux a disparu. Le supermarché ne vend plus les mêmes produits. De nouvelles constructions ont surgi. De grands panneaux promettent le paradis aux futurs habitants. Le quartier change. Pourtant, certains jours de l'année, le vent rabat les fumées et l'odeur des décharges, et il n'y a plus de terrain vague pour jouer au ballon.

Je marche lentement. A cause de ma maladie, les veines dans mes jambes ont rétréci. Mon sang ne circule plus très bien. Je porte des bas qui me serrent les chevilles et les mollets. Je m'arrête devant le commissariat. Je ne reconnais pas les agents en uniforme qui se tiennent devant l'entrée. Ils ne me saluent pas. Ils parlent avec un homme qui crie avec un accent chinois qu'on lui a volé sa voiture en stationnement ; les agents demandent les papiers du véhicule pour ouvrir l'enquête, mais le Chinois leur dit que les papiers étaient dans le véhicule, et les agents reposent la question et redemandent les papiers. L'un d'eux finit par se souvenir de ma présence :

— C'est pour quoi ?

— Une disparition.

Il dit :

— Comptoir de gauche !

J'entre dans le commissariat. Je prends un ticket et je m'appuie contre le mur pour soulager mes jambes. Je regarde autour de moi si Costanzo est là ; il m'invite parfois à boire un chocolat, et nous parlons du quartier. Il continue à me poser des questions bizarres, mais je lui dis que j'ai tout oublié. Il est chauve, et ne ressemble plus tellement à un perroquet.

Dans une petite cellule fermée par un grillage, un vieux Noir, qui ressemble à Monsieur Faye, attend. Deux agents arrivent. L'un d'eux porte un réservoir sur le dos et tient à la main un tuyau. Il entre dans la cellule et se met à asperger le vieux en rigolant. Le vieux rit aussi et tourne sur lui-même. Il dit qu'il dort dans la rue et qu'il est plein de vermine, et que les agents doivent le désinfecter.

La femme derrière le comptoir a appelé deux fois mon numéro. Je me suis présenté devant elle. Je la connais. Je lui apprends que ma mère a disparu. La femme hoche la tête et me tend un formulaire. Je la remercie et je vais m'asseoir sur une chaise qui s'est libérée. Je m'applique à remplir le formulaire. J'en remplis un tous les mois. Toujours le même. Depuis huit ans. Je remets le formulaire à la femme. Elle le range dans une corbeille métallique avec d'autres formulaires.

Je lui demande :

— Vous croyez qu'on va la retrouver ?

La femme sourit.

— Le facteur vous a remis votre mandat ce mois-ci ?

— Oui.

— Vous n'avez pas à vous inquiéter.

J'ai quitté le commissariat. Je relève le col de mon manteau. Les vitrines sont illuminées et décorées avec des arbres, des bonnets rouges, et des ampoules. Devant le supermarché un père Noël donne des bonbons aux enfants. Je ne peux pas en accepter aujourd'hui. J'en ai trop mangé hier. Je préfère m'écarter.

Sur le ventre, j'ai une pompe à insuline. A l'hôpital on m'a dit qu'il valait mieux que je mange la même chose tous les jours. C'est plus facile pour la pompe, mais je ne fais plus de régime depuis la disparition de ma mère. Je passe devant un fleuriste. Je lui fais signe à travers la vitre. Je prends une fleur des champs. Les fleurs viennent de loin. Il n'y a pas de champs autour de la ville. Chaque jour je dépose la mienne à l'endroit où est tombée la femme du septième, la mère de Claire.

Je monte péniblement les escaliers. Je passe devant les portes des anciens locataires. Monsieur Mazuz et sa femme habitent dans un immeuble neuf. J'ai croisé Madame Mazuz au supermarché. Je l'ai suivie ; elle s'est arrêtée longtemps dans une pharmacie. Je me demande si elle crache toujours dans le café de son mari. Il doit être vieux et malade maintenant ; il n'a plus la force de la frapper. Monsieur Kamel est mort du sida ; il a donné ses papillons à une école où il était allé. Personne n'a pu savoir ce que voulait dire l'étiquette sur le pare-chocs de sa voiture. Je n'ai plus revu l'Etranger depuis le jour où il m'a montré la mer, et Monsieur Faye est parti un après-midi d'été avec son vélo, sa natte, son tapis et ses cailloux. J'ai toujours la coquille et les pattes du crabe de cocotier qu'il m'avait rapportées.

Un matin, le gérant a senti une odeur bizarre au cinquième. Il a appelé les pompiers. Ils ont trouvé Monsieur Razori et sa femme morts dans leurs lits. Un pompier a dit que Monsieur Razori était mort le premier, et que sa femme ne lui avait pas survécu.

Je suis arrivé au septième. Je m'arrête pour retrouver mon souffle. J'ai beaucoup trop de poids pour ma taille. Je ne fais plus d'exercice comme avant. Le gérant a fait murer les portes des appartements vides ; il a peur que des gens ne viennent les occuper à l'approche de l'hiver. La porte de Jacob est murée.

J'ai gardé le verre de la chance, celui des quatre as. J'ai aussi gardé la paire de jumelles. Elles vont me servir une dernière fois. J'ai une visite à faire. Je l'attends depuis si longtemps.

Demain c'est Noël.

C'est un matin comme les autres. J'ai sonné à sa porte. Il m'a ouvert. C'est le dernier locataire qui reste. Avec moi.

— Qu'est-ce que tu veux ?

Je lui souhaite un joyeux Noël, et je lui demande s'il a cinq minutes parce que j'ai quelque chose à lui montrer. Il veut savoir ce que c'est.

Je lui indique le toit.

— Suivez-moi. Inutile de fermer le verrou, nous revenons tout de suite.

Nous montons jusqu'à la terrasse. J'ouvre la porte avec ma vieille clé, celle que j'avais trouvée dans la serrure.

Il hésite à sortir :

— J'ai oublié mon manteau.

Je me penche vers lui et murmure à son oreille :

— La femme vaut le coup d'œil.

Il me suit. Je m'approche du parapet en ciment. Je me penche. Je me déplace de quelques mètres. Je regarde dans mes jumelles. J'ai du mal à ajuster la mise au point à cause de mes lunettes. Ma vue a baissé. Il n'y a personne aux fenêtres de l'immeuble d'en face. Il est vide.

Le jardin est désert. La pelouse n'existe plus. Le bassin est rempli de feuilles mortes. Je lui dis :

— Venez près de moi.

Il s'approche. Je l'encourage :

— Venez plus près. Vous verrez mieux.

Il est à côté de moi. Contre le parapet. Ses mains couvertes de taches et de plis tremblent.

— Dépêche-toi ! J'ai froid.

J'enlève les jumelles de mon cou. Je fais le geste de les lui tendre :

— A vous, maintenant.

Il se tourne vers moi. Je pose ma canne sur sa poitrine et je le pousse.

Monsieur Vania tombe. Il s'éloigne à reculons, comme dans les films. Il tend les bras. Il essaye de se raccrocher à quelque chose qu'aucun de nous ne voit. Il crie mais je ne l'entends pas. Le vent gonfle les jambes de son pantalon. Madame Vania est morte d'un cancer l'année passée. Je suis allé à son enterrement. La fille de Madame Vania s'est sauvée le jour de ses dix-huit ans. On ne l'a plus revue.

Je me souviens de sa visite à Jacob, et de la robe qu'elle portait. Une robe du dimanche, comme pour aller à l'église. La robe n'était pas si nulle que ça après tout. La fille de Madame Vania n'allait jamais à l'église le dimanche, ni les autres jours. Cet après-midi-là, je suis monté fouiller leur appartement.

Monsieur Vania est sur le point de s'écraser. Cette fois-ci, je ne sentirai aucune secousse dans mon estomac. Je ne poserai pas mon anorak sur lui. Je ne mettrai pas de fleur à l'endroit où il va mourir. Monsieur Vania est un assassin. C'est chez lui que j'ai découvert l'enveloppe grise avec les mèches de cheveux.

L'enveloppe était collée au dos d'un tiroir de son bureau. A la place, j'ai laissé un mot. Il disait : *Ne recommencez pas.*

Monsieur Vania vient de heurter le sol.

J'ai poussé la porte de l'appartement de Monsieur Vania et je suis allé dans sa chambre à coucher. J'ai ouvert la fenêtre. Le corps de Monsieur Vania est juste en dessous. J'ai placé une chaise devant la fenêtre et je suis ressorti en tirant la porte d'entrée.

Un jour, un policier a dit : « Les gens se suicident le jour de Noël, surtout ceux qui n'ont plus de famille. »

Je suis assis sur le rebord en pierre du bassin. Je gratte le sol durci avec le bout de ma canne pour m'occuper. La mort de Monsieur Vania n'a soulevé aucune question. Un appartement de plus a été muré.

Une grosse femme blonde au visage rouge entre dans la cour. Elle sait où elle va. Elle va juste à l'endroit où est tombé Monsieur Vania. Elle dit tout fort :

— Saloperie ! J'espère que t'as mis longtemps avant de crever.

Elle se dirige vers moi. Quand elle est tout près, je la reconnais. C'est la fille de Madame Vania. Elle m'adresse la parole :

— J'ai habité là pendant des années.

Elle ne m'a pas reconnu. Elle dit encore :

— Il y avait un jeune garçon qui vivait ici avec sa mère. Vous savez ce qu'ils sont devenus ?

Je secoue la tête. Elle hausse les épaules et s'en va.

En [illegible] au fond de [illegible]

[illegible]

[illegible]

[illegible] les [illegible] de [illegible] je pose l'oreiller sur mon visage et je pense à l'enfant que j'ai [illegible] et que j'appelais le

La chaudière de l'immeuble ne marche plus. J'ai un poêle à pétrole dans ma chambre. C'est là que je vis. Je ne vais plus dans le salon. Je n'ai pas ouvert la porte de la chambre de ma mère depuis qu'elle a disparu. Je dîne à six heures du soir. J'essaye de conserver nos habitudes. Je viens de finir mon gâteau. Je pose l'assiette sur le sol. Il fait nuit. C'est le moment où ma mère me manque le plus.

Parfois, je crois entendre la sonnerie du téléphone. Je me précipite. Je décroche. Il n'y a pas de tonalité. J'ouvre alors mon placard, je prends son oreiller. J'ai acheté un flacon de parfum ; le même que les collègues de ma mère lui avaient offert, celui que nous aimions tant. J'ai eu du mal à le trouver. Quand sur l'oreiller l'odeur devient moins forte, je mets quelques gouttes du parfum. Je me couche sur mon lit ; j'ai toujours le même couvre-lit, mais les petits personnages de Disney sont usés. Je pose l'oreiller sur mon visage et je pense à l'endroit que je respirais et que j'appelais le

Paradis. J'essaye de ne pas pleurer. Parfois les larmes coulent sans bruit, comme quand je mettais de l'eau dans les yeux de Jacob. Après, je me rapproche de la lampe de chevet. Je déplie la lettre que ma mère m'a laissée il y a huit ans.

Mon Chéri,

Aujourd'hui j'ai rangé ta chambre. Je ne l'avais pas fait depuis longtemps. J'ai retrouvé tes dessins d'enfant. Ce sont des souvenirs de toi petit garçon ; les souvenirs d'un enfant vulnérable et perdu qui me tenait la main, qui avait peur du noir, qui voulait que je lui raconte des histoires qui finissent bien.

C'est à ce Zacharie que j'écris.

Je ne serai plus là à ton retour, ces lignes t'attendront.

Dans une boîte à chaussures j'ai trouvé ton cahier. Je ne voulais pas l'ouvrir. Au fond de moi mon cœur de mère me disait de ne pas le faire. Ma curiosité l'a emporté.

Durant les dix années qui ont suivi la mort de Jacob, toi et moi nous avons enterré quelque chose. Nous avons marché autour, nous tenant à distance, comme si nous avions peur que cette chose nous saute au visage, qu'elle nous détruise à jamais. Tu vivais dans un monde qui n'était qu'à toi, un monde que j'ai découvert par hasard.

Pour y échapper, je me suis réfugiée dans l'apathie et la faiblesse. Plus le temps passait, plus je m'interrogeais. C'étaient des questions terribles. Elles me faisaient peur rien que d'y penser.

J'aurai bientôt quarante-six ans. Ma vie respire

l'abandon. J'ai tourné en rond entre l'hôpital, la maison, et un doute que je n'ai plus. De cette vie, je n'ai entendu que des bribes, comme quand on roule en voiture la vitre ouverte, et que les gens crient sur votre passage.

J'ai continué à te porter dans mon ventre bien après ta naissance. J'ai eu tort. Je n'ai pas vu les changements qui s'accumulaient en toi. Un jour, ils ont explosé.

Je ne peux plus continuer cette lettre. Je piétine. Je m'enfonce.

Je ne crois pas qu'il y ait de place pour le hasard. Tout est ordonné, réglé. Ce n'est pas sans raison que j'ai trouvé ton journal et que j'ai compris.

Je m'apprête à commettre une action indigne de la mère que j'ai cherché à être, indigne de l'amour que tu me portes, et qui m'effraie.

Je m'en vais. Je suis décidée à vivre pour moi les années qui me restent.

Pardonne-moi.

Ta mère qui t'aime.

P.S. : Je t'enverrai tous les mois un mandat. Reste dans l'appartement, le loyer est modique et tu y as tes habitudes.

A vingt-trois ans, il te faut un travail. J'ai parlé de toi au directeur de la clinique. Il attend ta visite.

N'oublie pas ton régime et tes exercices. Une mère n'est pas éternelle. Vis pour toi.

Comme chaque fois, après la lettre, une voix d'enfant m'appelle sans répit. Tout s'efface, et je m'enfonce comme un scaphandrier dans le souvenir de cette nuit.

« Ma mère est allée avec une collègue voir un film pour adultes. J'ai été malade les jours précédents. J'ai déliré pendant mon sommeil. Je suis rétabli. Je passe mon anorak et des gants de vaisselle que j'ai achetés au supermarché. Je mets ma lampe électrique dans ma poche. Je regarde une dernière fois le magazine. Je suis certain d'y parvenir. J'ai pris les escaliers. Personne ne m'a vu. J'arrive au sous-sol. Je traverse le premier parking. La moto est dans le deuxième parking. Ses chromes luisent. Le magazine sur les motos étrangères dit : « Inconvénient majeur de la marque : Faiblesse de la chaîne. A surveiller fréquemment. » On dit aussi que, si un maillon se défait quand la moto roule, la chaîne se prend dans les rayons de la roue arrière : c'est très dangereux, surtout à grande vitesse parce qu'on perd le contrôle de la moto. J'allume ma torche. Je pose sur le sol la pince et le tournevis que ma mère garde sous l'évier. L'homme est sur le toit. Il en a pour un moment. Dans mon rêve, une voix m'a ordonné : *Va vers tous ceux contre qui je t'enverrai !*

« Je m'appelle Zacharie. J'ai douze ans.

« Je dois nous protéger. Il n'y a de place pour personne d'autre entre ma mère et moi. »

Je range la lettre de ma mère dans mon portefeuille. Je mets le portefeuille sous le matelas. J'allume mon vieil ordinateur. Je commence une partie d'échecs. Je gagne moins souvent, pourtant c'est un jeu pour adolescents. Je n'ai jamais vu le directeur de la clinique. Je n'ai suivi aucun régime. Je n'ai pas fait d'exercice.

Ce soir ma tête me fait mal. Des fourmis courent sur mon corps. Je suis resté trop longtemps assis. Je me lève. J'étends les bras, j'essaye de tourner sur moi-même comme quand je dansais pour Garçon, mais je suis maladroit, je perds l'équilibre, je tombe sur le dos.

Je ne peux plus bouger. Je pense à Jacob et à ce qu'il me disait.

Un visage se penche sur moi.

— Tu dansais pour qui, mon chéri ?

Je dis :

— Pour Zacharie, maman.

Je vois l'ombre des oiseaux. J'entends leur bruissement d'ailes. Le ciel devient noir. Une à une les étoiles s'éteignent.

Je suis dans la Vallée.

DU MÊME AUTEUR
CHEZ POCKET

MON NOM EST KATE CROW

IMPRIMÉ EN FRANCE PAR BRODARD ET TAUPIN
1568X – La Flèche (Sarthe), le 10-12-1999
Dépôt légal : décembre 1999

POCKET – 12, avenue d'Italie - 75627 Paris cedex 13
Tél. : 01.44.16.05.00

Pour des moments de lecture intenses, retrouvez les plus grands noms du suspense en POCKET THRILLERS :

David BALDACCI

• *Une femme sous influence,* n° 10596

Iain BANKS

Dans les années 80 en Ecosse, une série de meurtres particulièrement odieux met la police et la presse sur les dents. Nommé en 1993 parmi les meilleurs jeunes écrivains en Grande-Bretagne, Iain Banks nous livre ici un thriller exceptionnel dans la veine de Thomas Harris.

• *Un homme de glace,* n° 10477

Thierry BATAILLE/Jean Bruno

Après avoir collaboré à divers journaux puis à l'écriture de scénarios, Thierry Bataille a écrit une vingtaine de romans policiers. Jean Bruno, de son côté, a fait la majeure partie de sa carrière dans la bande dessinée.
L'empreinte du serpent retrace le destin fulgurant de Lai Khao, Cambodgienne, dans le quartier chinois de Paris.

• *L'empreinte du serpent,* n° 4273

Simon BECKETT

Avant de se consacrer à l'écriture et de devenir un des grands noms du thriller psychologique avec ce premier roman, Simon Beckett, Anglais né à Sheffield, a été professeur et musicien de rock.

• *Le rêve de l'antiquaire,* n° 10115

Rosellen BROWN

Américaine, spécialiste du « thriller familial », Rosellen Brown a déjà publié cinq livres dont plusieurs ont fait l'objet de film. *Les quatre vérités* décortiquent le drame d'une famille éclatée par l'accusation de meurtre qui pèse sur un de ses jeunes membres.

• *Les quatre vérités,* n° 3238

Anthony BRUNO

Un thriller au sujet pour le moins original, puisque les meurtres se rapportent aux sept péchés capitaux. Reste à trouver le mobile...

- *Seven,* nº 4475

Tom CLANCY/Steve PIECZNIK

Un duo efficace : Tom Clancy est un spécialiste des dossiers militaires, politiques et technologiques et Steve Piecznik, médecin psychiatre, a été sous-secrétaire d'Etat aux Affaires étrangères et l'un des négociateurs américains lors des affaires de prises d'otages. Thrillers technologiques, captivants et très rythmés, les 4 titres de la série *Op-Center* peuvent être lus indépendamment les uns des autres.

- *Op-center 1,* nº 10262
- *Op-center 2 — Image virtuelle,* nº 10309
- *Op-center 3 — Jeux de pouvoir,* nº 10310
- *Op-center 4 — Actes de guerre,* nº 10311

Larry COLLINS

Bien connu par ses livres en duo avec Dominique Lapierre, Larry Collins écrit, seul, des thrillers politiques au rythme rapide et fort bien documentés.

- *Les aigles noirs,* nº 4234
- *Dédale,* nº 10133

Robin COOK

Spécialiste du thriller médical, Robin Cook doit ses connaissances scientifiques à son expérience de chirurgien.

- *Mutation, nº 3427*

Michael CRICHTON

Mondialement connu pour les films tirés de ses livres — *Harcèlement, Jurassic Park,* entre autres — Michael Crichton, par sa formation de médecin, domine incontestablement le thriller scientifique.

- *Congo,* n° 4429
- *Extrême urgence,* n° 4253
- *Harcèlement,* n° 10046
- *L'homme terminal,* n° 3639
- *Jurassic Park,* n° 3275
- *Le monde perdu,* n° 10263
- *Soleil levant,* n° 4334
- *Sphère,* n° 10483
- *Turbulences,* n° 10448
- *Un train d'or pour la Crimée,* n° 4465 — INÉDIT
- *La variété Andromède,* n° 4193

Martin CRUZ SMITH

Aujourd'hui mondialement connu grâce à ses best-sellers *(Parc Gorki)*, Cruz Smith a aussi un autre visage. Indien Pueblo par sa mère il sait mieux que personne parler des minorités. *L'étoile polaire* est la suite de *Parc Gorki.*

- *Parc Gorki,* n° 4237
- *L'étoile polaire,* n° 10630

Nelson DEMILLE

Auteurs de thrillers psychologiques très forts, Nelson Demille a été journaliste avant de publier ses premiers livres.

- *Le déshonneur d'Ann Campbell,* n° 4332
- *Retour de l'enfer,* n° 10003

Thomas DRESDEN

Anglais, Thomas Dresden est non seulement auteur de littérature policière, mais également d'ouvrages sur l'histoire contemporaine. *Ne te retourne pas* est un thriller politique avec en toile de fond les camps de travail soviétiques.

- *Ne te retourne pas,* n° 10384

Loup DURAND

Avant de se consacrer au journalisme, Loup Durand fit de nombreux métiers. En 1967, il publia un premier roman policier, puis sous un pseudonyme, de nombreux autres livres. Les trois titres de la collection Thrillers, bien que très différents, sont tous d'une efficacité redoutable.

- *Daddy,* n° 3144
- *Le grand silence,* n° 10013
- *Le jaguar,* n° 4541

Daniel EASTERMAN

Irlandais, Daniel Easterman est spécialiste de l'Islam iranien. Ses thrillers sont très efficaces par leur trame politique très bien documentée.

- *Le jugement final,* n° 10526
- *Le nom de la bête,* n° 4495
- *La nuit de l'apocalypse,* n° 10224
- *Le testament de Judas,* n° 4494

Penelope EVANS

Penelope Evans, Anglaise, est avocate. Dans son premier roman publié chez Pocket, *La locataire*, elle nous décrit un terrifiant voyage dans les méandres psychologiques d'un psychopathe amoureux.

- *La locataire,* n° 10122
- *Voyage au cœur des ténèbres,* n° 10513

Joy FIELDING

Avant de devenir l'une des reines du thriller psychologique, cette Canadienne d'origine était auteur de romans sentimentaux. Ce thriller est un angoissant suspense où tous les repères de la vie d'une femme s'effondrent les uns après les autres.

- *Ne pleure plus,* n° 10177

John FULLERTON

Journaliste, John Fullerton a écrit un livre extrêmement bien documenté dont l'action se déroule dans Sarajevo en guerre, dans la grande tradition de John Le Carré.

- *La cage aux singes,* n° 10113

Stephen GALLAGHER

En Angleterre, Stephen Gallagher est considéré comme l'un des meilleurs auteurs de suspense. *Mort sur catalogue* est un thriller psychologique mené de main de maître, au dénouement surprenant et fort.

• *Mort sur catalogue,* n° 10357

Sophie GALLOIS

Un thriller où se mêle au suspense une réflexion scientifique médicale et intellectuelle sur le génie créatif, sa définition, et sa fonction dans la société.

• *Genius,* n° 4498

Michael GRANT

Une forme originale pour ce thriller : le lecteur connaît l'identité du criminel grâce à la narration alternée de deux personnages, le tueur et le détective.

• *Ascenseur pour un tueur,* n° 10483

James GRIPPANDO

• *Le pardon,* n° 10489

John GRISHAM

Né en 1955 dans l'Arkansas, John Grisham est avocat, mais sa véritable vocation étant l'écriture, il n'a eu de cesse de devenir romancier. Aujourd'hui auteur de plusieurs best-sellers dans le monde, les studios d'Hollywood avancent des millions de dollars pour lui acheter les droits cinématographiques de ses ouvrages.

• *L'affaire Pélican,* n° 4335
• *Le client,* n° 10286
• *Le couloir de la mort,* n° 10087
• *La firme,* n° 2959
• *L'idéaliste,* n° 10285
• *Le maître du jeu*
• *Non coupable (Le droit de tuer),* n° 10043

Remo GUERRINI

• *Ecran noir,* n° 10458

James HALL

• *Tueurs de jungle,* n° 10374

Robert HARRIS

Journaliste politique, Robert Harris maîtrise parfaitement l'art du thriller politique historique, digne de Forsythe, Le Carré ou Cruz Smith.

- *Enigma,* n° 10199
- *Fatherland,* n° 4485

Thomas HARRIS

Auteur star chez Pocket Terreur avec *Le silence des agneaux* et *Dragon rouge*, Thomas Harris signe là un superbe thriller politique relayé par le film aux cinq oscars de Jonathan Demme.

- *Black Sunday,* n° 4457

Colin HARRISON

Corruption, ou la longue déchéance d'un jeune loup de la finance pris dans un engrenage fatal.

- *Corruption,* n° 4454

Eric HARRY

Le roman de la Troisième Guerre mondiale, un techno-thriller magnifique. Un roman apocalyptique où l'anarchie qui règne en ex-URSS réactive la menace nucléaire.

- *10 juin 99,* n° 10116

Steven HARTOV

- *La fièvre du Ramadan,* n° 4262

Carl HIAASEN

- *Pêche en eaux troubles,* n° 10496

Tami HOAG

Meurtre au carnaval, n° 10389

Marie-Reine de JAHAM

- *Le Libanais,* n° 3107

Iris JOHANSEN

- *Bien après minuit,* n° 10539

John KATZENBACH

- *Juste cause, n° 10038*

Jonathan KELLERMAN

Psychologue spécialisé dans les traumatismes de l'enfance, Jonathan Kellerman concocte des thrillers psychologiques à l'efficacité garantie.

- *Double miroir,* n° 10016
- *Le nid de l'araignée,* n° 10219
- *Terreurs nocturnes,* n° 10088
- *La valse du diable,* n° 10282

Judith KELMAN

Ancienne éducatrice spécialisée, Judith Kelman se consacre maintenant à l'écriture et sa maîtrise du thriller est tout à fait remarquable. A propos d'*Un dernier baiser*, Mary Higgins Clarks a déclaré : « Un suspense digne d'un cauchemar... »

- *Phobies,* n° 10351
- *Un dernier baiser,* n° 10463

Jerry KENNEALLY

- *Le chef d'orchestre,* n° 10510
- *Un talent mortel,* n° 10297

Laurie KING

Comparée à Ruth Rendell ou P.D. James, Laurie King sait, dans ses thrillers, réunir avec brio tous les éléments du genre : meurtres en série, suspense, soupçons.

- *Le jeu du fou, n° 10391*
- *Un talent mortel, n° 10297*

Dean KOONTZ

- *Prison de glace,* n° 4423

John LA GALITE

Par un biochimiste, un thriller scientifique captivant d'un bout à l'autre, à mi-chemin entre Michael Crichton et Robert Ludlum.

- *Mon nom est Kate Crow,* n° 10636

Dominique LAPIERRE/Larry COLLINS

- *Le cinquième cavalier,* n° 4179

William LASCHNER

Ancien procureur du ministère de la Justice américain, William Lashner, aujourd'hui avocat, a choisi le thriller juridique comme forme de roman, dans la veine de John Grisham.

- *Les prévaricateurs,* n° 10335
- *Veritas,* n° 10336

John T. LESCROART

Considéré par la critique comme un maître du thriller à l'instar de Grisham, John Lescroart a publié huit romans aux États-Unis.

- *Faute de preuves,* n° 10547
- *Justice sauvage,* n° 10250

Robert LUDLUM

D'abord producteur de théâtre, il est devenu le maître incontesté du thriller avec 200 millions d'exemplaires vendus à travers le monde.

- *L'agenda Icare,* n° 10451
- *La conspiration Trevayne,* n° 10373
- *Le duel des gémeaux,* n° 4218
- *L'échange Rhinemann,* n° 10452
- *L'illusion Scorpio,* n° 4217
- *Le manuscrit Chancellor,* n° 3637
- *La route d'Omaha,* n° 4232
- *Le secret Halidon,* n° 1059
- *Les veilleurs de l'Apocalypse,* n° 4219
- *La vengeance dans la peau,* n° 10484

Philip MARGOLIN

Philip M. Margolin, lui-même avocat d'assises dans l'Oregon, est un spécialiste des coulisses de la justice américaine.

- *La dernière chance,* n° 10242
- *Les heures noires,* n° 10135
- *La rose noire,* n° 10041

Marcel MONTECINO

La recherche d'un meurtrier dont les mobiles semblent uniquement raciaux. Une variation très réussie sur un tueur fou.

- *Crosskiller,* n° 10024

Susanna MOORE

Une écriture nerveuse et un thriller teinté d'érotisme mettant en scène un personnage féminin ambigu, à la fois proie et voyeuse.

• *A vif,* nº 10385

Michael PALMER

• *Mesure d'urgence,* nº 10154

James PATTERSON

Dans ces thrillers sans temps mort, menés à un rythme d'enfer, nous retrouvons le personnage d'Alex Cross, un flic noir, docteur en psychologie.

• *Et tombent les filles (Le collectionneur),* nº 10036
• *Jack et Jill,* nº 10350

Douglas PEARSON RYNE

• *Code Mercury,* nº 10349

Thomas PERRY

Un thriller original dans lequel l'écologie et le mode de vie indien sont prédominants.

• *Une fille de rêve,* nº 4499

Jessie PRICHARD HUNTER

Un thriller particulièrement efficace dans lequel une femme découvre progressivement que son mari est un serial killer.

• *L'assassin habite à la maison,* nº 4406

Enzo RUSSO

Sicilien, spécialisé dans les affaires de la mafia, Enzo Russo nous conte ici le jeu du chat et de la souris entre un homme et l'Etat, une extraordinaire descente dans les fonctionnements de la mafia et de lutte anti mafia.

• *Tous sans exception,* nº 10163

John SANDFORD

Journaliste (prix Pulitzer), John Sandford, considéré comme l'un des maîtres du thriller, a créé le personnage de Lucas Davenport à l'humour grinçant, dont on a fait connaissance dans *La proie de l'ombre.*

- *La proie de l'esprit,* n° 10660
- *La proie de la nuit,* n° 10249
- *La proie de l'ombre,* n° 10110

André SOUSSAN

- *Octobre II,* n° 3907

Harry STEIN

- *Victoire in extremis,* n° 10316

Alain THIERRY

- *L'étrange destin du docteur Tillac,* n° 4496

Eric VAN LUSTBADER

- *Le Ninja,* n° 4394

Michael WEAVER

Digne successeur de Stephen King et Thomas Harris, Michael Weaver est très vite entré dans la catégorie best-seller aux États-Unis grâce à son premier roman, *Obsession mortelle.*

- *Obsession mortelle,* n° 4353
- *La part du mensonge,* n° 10048

Tom WILLOCKS

Psychiatre à Londres, Tom Willocks nous décrit, dans ce livre d'une rare violence, le monde clos et infernal d'un pénitencier.

- *L'odeur de la haine,* n° 10090

COLLECTION « NOIR » CHEZ POCKET

Bernard Alliot
Eaux troubles

William Bayer
Hors champ
Punis-moi par des baisers
Voir Jérusalem et mourir

Robert Bloch
Autopsie d'un kidnapping
L'éventreur
L'incendiaire
La nuit de l'éventreur
Un serpent au paradis

James M. Cain
La femme jalouse
La femme du magicien

Raymond Chandler
Nouvelles (2 tomes)

Robin Cook
Mutation

Martin Cruz Smith
Blues pour un tsigane
Requiem pour un tsigane

Mildred Davis
La chambre du haut
La voix au téléphone

Nelson Demille
Retour de l'enfer

Mark Frost
La liste des sept

Loren D. Eastleman
Le pro

Arthur Conan Doyle
Les aventures de Sherlock Holmes
Le chien des Baskerville
La vallée de la peur

Fyfield Frances
Ombres chinoises
Sommeil de mort

Brian Garfield
Poursuite

Elisabeth George
Enquête dans le brouillard
Cérémonies barbares
Le lieu du crime
Une douce vengeance
Pour solde de tout compte
Mal d'enfant
Un goût de cendres
Le visage de l'ennemi
Le meurtre de la falaise

Giovanni José
La mort du poisson rouge

Sue Grafton
“ A ” comme Alibi
“ B ” comme Brûlée
“ C ” comme Cadavre
“ D ” comme Dérapage
“ E ” comme Explosif
“ F ” comme Fugitif
“ G ” comme Gibier
“ H ” comme Homicide
“ I ” comme Innocent
“ J ” comme Jugement
“ K ” comme Killer
“ L ” comme Lequel ?
“ M ” comme Machination

Martha Grimes
L'auberge de Jérusalem
Le vilain petit canard
Le crime de Mayfair
Les cloches de Whitechapel
L'énigme de Rackmoor
La jetée sous la lune
Le mystère de Tarn House
L'affaire de Salisbury

Patricia Highsmith
L'art du suspense

Alfred Hitchcock
Histoires terrifiantes
Histoires épouvantables
Histoires abominables
Histoires à lire toutes portes closes
Histoires à lire toutes lumières allumées
Histoires à ne pas fermer l'œil de la nuit
Histoires à déconseiller aux grands nerveux
Histoires préférées du maître ès crimes
Histoires qui font mouche
Histoires sidérantes
Histoires à claquer des dents
Histoires qui riment avec crime
Histoires à donner le frisson
Histoires à lire avec précaution
Histoires drôlement inquiétantes
Histoires percutantes
Histoires à faire froid dans le dos
Histoires à donner des sueurs froides
Histoires à vous glacer le sang
Histoires à suspense
Histoires à frémir debout
Histoires à vous faire dresser les cheveux sur la tête
Histoires renversantes
Histoires qui font tilt
Histoires à faire pâlir la nuit
Histoires noires pour nuits blanches
Histoires à vous mettre K.-O.
Histoires diaboliques
Histoires fascinantes
Histoires qui virent au noir
Histoires à vous couper le souffle
Histoires à faire peur
Histoires ténébreuses
Histoires à lire et à pâlir
Histoires ciblées
Histoires à rendre tout chose
Histoires en rouge et noir

William Irish
Concerto pour l'étrangleur
Une étude en noir
Lady Fantôme
Nouvelles (2 tomes)
Rendez-vous en noir

Charles King
Mama's boy

Dick Lochte
Temps de chien

Ed McBain
Downtown
Escamotage
Poison

Carol O'Connell
Meurtres à Gramercy Park
L'homme qui mentait aux femmes

Jefferson Parker
Un été d'enfer

David M. Pierce
La neige étend son blanc manteau
Rentre tes blancs moutons
Le petit oiseau va sortir
Sous le soleil de Mexico

Jack Richtie
L'île du tigre

Laurence Sanders
L'homme au divan noir

John Sandford
La proie de l'ombre
La proie de la nuit
La proie de l'esprit

Georges Simenon
L'affaire Saint-Fiacre
L'amie de Madame Maigret
L'âne rouge
Les anneaux de Bicêtre
Au bout du rouleau
Au rendez-vous des Terre-Neuvas
Les autres
Betty
La boule noire
La chambre bleue
Le charretier de la providence

Le chat
Chez les Flamands
Le chien jaune
Les complices
Le coup de lune
Un crime en Hollande
Le crime impuni
La danseuse du Gai-Moulin
Le destin de Malou
L'écluse nº 1
En cas de malheur
Les fantômes du chapelier
Les fiançailles de Monsieur Hire
Le fond de la bouteille
Le fou de Bergerac
La fuite de Monsieur Monde
Les gens d'en face
La guinguette à deux sous
Le haut mal
L'homme au petit chien
L'homme de Londres
Liberty Bar
Maigret
Maigret et les braves gens
Maigret au Picratt's
Maigret s'amuse
Maigret et le voleur paresseux
Maigret et la grande perche
Maigret et le corps sans tête
La maison du canal
Marie qui louche
Mémoires intimes
Monsieur Gallet décédé
La mort d'Auguste
La mort de Belle
La nuit du carrefour
L'ombre chinoise
Le passager clandestin
Le passager du Polarlys
Pedigree
Le petit saint
Le pendu de Saint-Phollien
Pietr-le-Letton
Le port des brumes
La porte
Le président
Le relais d'Alsace
La rue aux trois poussins
Strip-tease
Tante Jeanne
Les témoins
La tête d'un homme
Le train
Les treize coupables
Les treize énigmes
Les treize mystères
Un nouveau dans la ville
Une confidence de Maigret
Une vie comme neuve
Le veuf
La vieille

ROSAMOND SMITH
Œil-de-serpent

DOROTHY UHNAK
Victimes

ANDREW VACHSS
Blue Belle
Hard Candy

JACK VANCE
Charmants voisins
Lily street
Méchante fille
Un plat qui se mange froid

MINETTE WALTERS
Chambre froide
Cuisine sanglante
La muselière
Lumière noire
Résonances...

DAVID WILTSE
Terreur noire
Terreur blanche

HELEN ZAHAVI
Dirty week-end

LE LIVRE NOIR DU CRIME
Bonnes vacances
Histoires de crimes parfaits
Histoires d'agresseurs
Histoires d'arnaqueurs
Mômes, sweet mômes
Place d'Italie
Le Salon du Livre